प्रिया

एन इन्कम्प्लीट जर्नी

वसु बुन्देला

Invincible Publishers

First published in India in 2018 by Invincible Publishers

ISBN: 978-93-87328-40-2

Invincible Publishers
G - 120, Sushant Lok III, Sector 57, Gurgaon-122002

Opposite Kasturba Ashram, Radaur Distt
Yamuna Nagar, Haryana- 135133

प्रस्तावना

इसमें कोई शक नही की ये महज़ एक कहानी है। लेकिन हर एक कहानी कहीं न कहीं हमारी ज़िंदगी से जुड़ी होती है।

जिसे पढ़कर हम अपनी ज़िंदगी के कुछ पलों का एहसास करते हैं। ये कहानी भी आपको ये एहसास करवा सकती है।

ये कहानी है प्रिया और उसके प्यार यानी विक्की की और उनकी ज़िंदगी में होने वाले उतार–चढ़ाव की।

मेरे ख्याल से हम सभी के जीवन में एक विक्की या एक प्रिया जरूर होती है। जिसके लिए हम सबसे ज्यादा ख़ास होते हैं।

हम आशा करतें हैं कि पुस्तक पढ़ने के बाद आपको अपने आस–पास अपनी प्रिया या विक्की के होने का एहसास हो।

आभार

हमें यह कहते हुए अपार हर्ष हो रहा है कि आप अपने हाथों में हमारी पहली पुस्तक थामे हुए हैं।

इसके लिए आप सभी पाठकों का सहृदय धन्यवाद।

यह पुस्तक हमारा सपना है। और इस सपने को साकार करने में जितने लोगों ने जिस भी तरह से अपना योगदान दिया है उन सभी लोगों का धन्यवाद।

विशेष रूप से मेरी मम्मी श्रीमती ऊषा राजे बुन्देला जिनसे मुझे ये सपना मिला, उनको सहृदय धन्यवाद।

हमारे परिवार और दोस्तों को धन्यवाद जिनका बहुत अहम स्थान है हमारे जीवन में।

प्रकाशक को हमारा आभार जिनके बगैर ये संभव नही था।

आप सभी के प्यार और सहयोग के लिए पुनः आप सभी का धन्यवाद।

वसु बुन्देला।

अध्याय १

प्रिया अपनी मुट्ठी में एक अंगूठी लिए ज़मीन पर बैठी बेतहाशा रो रही थी।

उसे ऐसा लग रहा था कि उसके पास जो भी था सब चला गया हो। वो खुद को इस दुनिया मे सबसे ज्यादा अकेला महसूस कर रही रही थी।

उसकी आँखों से आँसू रुकने का नाम ही नही ले रहे थे।

बस उसके दिल दिमाग में कुछ यादें बहुत तेजी से आ जा रही थीं, जिन्हें वो शायद रोक ही नही सकती थी।

रोते-रोते आँसुओं के उस धुंधलेपन में प्रिया वहाँ खो गयी जहाँ से ये सब शुरू हुआ था।

सावन का ख़ूबसूरत महीना है, आकाश में सुनहरी घटाओं और हल्की-हल्की बारिश की बूंदों की टिप टिप के साथ मानो जैसे किसी के आने की आहट सुनाई दे रही है।

अभी दिन का दूसरा पहर ही बीता है, पर ऐसा लग रहा है कि शाम हो गयी है।

हर घर के आंगन और चबूतरों पर महिलाएं आपस में बात कर रहीं हैं तो लड़कियां सावन का झूला बना रही हैं और कोई बारिश में भीगने का मजा ले रहा है।

वहीं थोड़ी दूर हरियाली जगह पर एक ५' १०" लंबा, गोरा सा लडका, उसके बाल उसके कंधों को छू रहे हैं।

जिसने ऊपर कुछ भी नही पहन रखा है, बारिश की फुहारों में ऐसे भीग रहा है जैसे ये बारिश उसके जीवन की पहली बारिश हो।।

जिसमें उसका वर्षों का इंतजार खत्म होने वाला हो और उसकी अधूरी ख्वाहिश पूरी होने वाली हो।

वो उस बारिश से ऐसे मिल रहा है जैसे कि उसे कोई अपना जो बरसों से न मिला हो और इस बारिश ने उसे उससे मिला दिया हो।

तभी उसके कंधे पर किसी ने पीछे से हाथ रखते हुए कहा "तुम यहाँ हो विक्की, मैं तुम्हें कब से ढूंढ रही हूँ, मैं कब से इंतजार कर रही थी तुमसे मिलने का।"

इतना सुनते ही विक्की शांत सा खड़ा रह गया, उसे समझ नहीं आ रहा था कि क्या बोले।

वह फिर भी उस आवाज़ को पहचानने की कोशिश करते हुए पीछे पलटा तो देखा कि एक ५' ७" लंबी, गोरी सी, पतली सी लड़की, जिसने आसमानी और सफेद रंग की सलवार कमीज़ पहन रखी थी, माथे पर छोटी सी बिंदी, जो उसको और भी ज्यादा खूबसूरत बना रही थी, उसके हल्के भीगे बाल हवा की वजह से उसके गालों पर आ रहे थे, जिन्हें वो अपने सुंदर हाथों की लंबी सी उंगलियों से बार बार हटा रही थी।

विक्की ने उसकी आखों में देखा तो उसकी आंखों में एक अजीब सी चमक और खुशी थी, ऐसी खुशी जैसे किसी को अपनी सबसे प्यारी चीज़ खो कर वापस पाने पर होती है।

वो अपने चेहरे पर एक प्यारी मुस्कान लिए खड़ी थी।

विक्की कुछ देर उसे एक नज़र देखता रह गया।

इससे पहले वो कुछ बोल पाता, लड़की बोली " मैं प्रिया हूँ," तुम्हारे स्कूल की टॉपर।

मुझे पता नहीं कब, क्यों, कैसे मैं तुमसे प्यार करने लगी, सब कुछ बदला सा लगने लगा। कभी मैं गुनगुनाने लगती हूँ तो कभी मैं घंटों खामोश बैठी रहती हूँ, कभी लगता है मेरे पास सब कुछ है, तो कभी किसी की कमी महसूस होने लगती है।

ये सब सुनकर विक्की दंग रह गया। उसके हाथ पैर मानो जैसे सुन्न हो गए हों।

अपने आपको सम्हालते हुए विक्की ने कहा, "मैं कहीं पर भी रहूँ पर मेरा प्यार हमेशा मेरे साथ है, उसकी यादें कभी मुझे अकेला नही छोड़ती और आज तो ये बारिश भी जैसे कह रही है कि मेरी यादों में अब कुछ और नए लम्हे जुड़ने वाले हैं। और वो मुस्कुराने लगा जैसे उसे कुछ याद आ गया हो।

जैसे वो कहीं खो गया हो, अपनी सोच से बाहर निकल कर उसने प्रिया से कहा, माफ करना मैं पता नहीं तुमसे क्या-क्या बोल गया।

चलो मेरे घर चलते हैं यहीं पास में ही है।

वो दोनों घर पहुँचे, विक्की ने उसे बारामदे में बैठाया और बोला, मैं अभी आता हूँ।

इतना कह कर वो ऊपर अपने कमरे में चला गया।

थोड़ी देर बाद विक्की ऊपर से वापस आया ठीक से कपड़े पहन कर।

और बोला, माफ करना आपको इंतज़ार करवाने के लिए।

प्रिया ने कहा– कोई बात नहीं, फिर वो दोनों आपस मे बात करने लगे।

विक्की ने कहा– मैंनें स्कूल में आपको नहीं देखा, लेकिन उसी स्कूल में मेरी एक दोस्त भी पढ़ती थी, मेरे बचपन की दोस्त, मेरा प्यार, जिसे दिल ही दिल में मैं बहुत प्यार करता था, और आज भी हर बारिश में उसके आने का इंतज़ार करता हूँ।

हर बार बारिश खत्म होने पर मुझे लगता है कि वो आकर मुझसे मिल कर चली गयी। और मैं फिर अगली बारिश का इतंज़ार करने लगता हूँ।

उसका नाम भी प्रिया था।

विक्की अपनी बातें उसे बता ही रहा था कि प्रिया गुस्से में उठ कर चली गयी।

विक्की जब अपने ख्यालों से बाहर आया तो उसे होश आया कि जिससे वो बात कर रहा था, वो सामने है ही नहीं।

वो भागकर दरवाजे की तरफ गया लेकिन तब तक वो जा चुकी थी।

अमृतसर पंजाब का एक बड़ा शहर है। जो अपने इतिहास के लिए पूरे भारत में एक अलग पहचान रखता है।

इस शहर को गुरु रामदास जी ने बसाया था, इसलिए इसे ऐतिहासिक रूप से रामदासपुर के नाम से भी जाना जाता है। और बोलचाल की भाषा में अम्बरसर।

इसके और भी नाम हैं, जैसे– एक पवित्र शहर, द गोल्डन सिटी, द पूल ऑफ नेक्टर।

ये सभी नाम, श्री हरमंदिर साहिब यानी कि स्वर्ण मंदिर होने के कारण पड़े हैं। और स्वर्ण मंदिर में ही पवित्र तालाब होने के कारण इसे द पूल ऑफ नेक्टर नाम दिया गया।

अमृतसर और यह मंदिर देखने केवल पंजाब के ही नहीं, पूरे देश के कोने–कोने और विदेशों से भी लोग आते हैं।

वो बात और है कि देशवासियों की इसमें आस्था है तो वो माथा टेकने यहाँ आतें हैं और विदेशी विशेष रूप से सोने से बना हुआ मंदिर देखने।

पंजाबी संस्कृति को सम्हाले हुए बाज़ार यहाँ के आकर्षण का केंद्र हैं। जो यहाँ आने वाले हर व्यक्ति को अपनी तरफ आकर्षित करतें हैं।

इसी शहर से प्रिया और विक्की की कहानी शरू हुई।

विक्की ५ साल और प्रिया ६ साल की थी जब दोनों की दोस्ती हुई।

वैसे पैदा तो दोनों वहीं हुए थे, इसलिए दोनों पहले से ही आस–पास थे। लेकिन जो वाकई दोस्ती वाला समय था, उसकी शुरुआत इसी उम्र से हुई थी। क्योंकि विक्की उसका पड़ोसी था तो दोनों साथ में

स्कूल जाने लगे थे। आते भी साथ में ही थे। लड़कियों में भी प्रिया के ज्यादा दोस्त नही थे।

"मैं पहले किसी से नही बोल सकती हूँ। जब मुझसे कोई आ कर बोलेगा तो मैं बोलूंगी।"

प्रिया ने बेपरवाही से विक्की से कहा। विक्की के पूछने पर कि तुम अपनी कक्षा में क्यों किसी लड़की से बात नहीं करती हो? वो सब कहतीं हैं कि तुम घमंडी हो। यह कह कर विक्की हँसने लगा। और बोला मुझसे तो बात करोगी न। प्रिया ने थोड़ा हक़ जताते हुए कहा "पागल मैं तुम से ही तो बात करती हूँ। तुम्हे मैं छोटे से जानती हूँ न। तुम मेरे सबसे अच्छे दोस्त हो।" ये सारी बातें स्कूल से वापस आते समय हो रही थीं।

विक्की भी इसीलिए किसी से ज्यादा बात नही करता था। क्योंकि उसे लगता था कि प्रिया के अलावा उसे किसी की भी जरूरत नही थी और उसकी भी प्रिया के अलावा किसी से दोस्ती नही थी। या फिर ये भी कह सकते हैं कि वो किसी और से दोस्ती करना भी नही चाहता था शायद।

उस उम्र में भी विक्की को प्रिया का किसी और बच्चे से बात करना या उस पर ध्यान न देना बुरा लगता था। वो चाहता था कि प्रिया उसके सिवा किसी और से बात भी न करे।

वो क्या था, वो दोनों भी नही समझते थे, उस समय। उसे लगता था कि उसकी दोस्त केवल प्रिया ही तो है और उसके घर के पास भी रहती है तो वह केवल उसी की दोस्त है बस। और प्रिया भी ऐसा ही सोचती थी।

दोनों केवल इतने ही साल साथ रहे थे। फिर प्रिया को अमृतसर छोड़कर जाना पड़ा। क्योंकि मि. रॉय यानी कि प्रिया के पापा को मुम्बई शिफ्ट होना पड़ा। वह एक सरकारी वकील बन गए थे इसलिए।

विक्की को जब प्रिया के जाने का पता लगा तो वह भागता हुआ प्रिया के पास गया और बोला "तुम जा रही हो।" क्या जाना जरूरी है?" और कहते कहते रोने लगा।

प्रिया भी उसे रोता देख रोने लगी।

तुम्हे पता है ना मेरा तुम्हारे अलावा कोई दोस्त नही है स्कूल में। विक्की ने रोते हुए कहा। अगर तुम चली जाओगी तो मैं स्कूल किसके साथ जाऊंगा।

तुम रुक नही सकती क्या?

इतना कह कर वह और जोर जोर से रोने लगा।

प्रिया उसके पास जाकर, प्यार से बोली। " मेरा भी तो कोई दोस्त नही है ना, तुम्हारे अलावा। और न ही मुझे बनाना है। मुझे भी बुरा लगेगा।

वो विक्की के गले लग गयी। और बोली मैं छुट्टियों में तुमसे मिलने जरूर आउंगी।

ये लो, तुम्हारे लिए है, अपनी छोटी सी पॉकेट से विक्की ने प्रिया को कुछ चॉकलेट्स देते हुए कहा।

प्रिया बोली अब मुझे कोई नही देगा न, चॉकलेट्स।

दूसरे दिन प्रिया अपने परिवार के साथ मुम्बई चली गयी।

तभी प्रिया और विक्की अलग हो गए थे।

विक्की ने हर छुट्टियों में प्रिया का इंतज़ार किया पर वो नही आई।

लेकिन शायद बचपन के कुछ वादे और यादें उन दोनों के मासूम दिलों में इस कदर बस गयीं थीं कि समय की धूल भी उन्हें धुंधला न कर सकी। समय बीतने के साथ वो और गहरी और मजबूत होती चली गयी।

दोनों ही अपनी–अपनी पढ़ाई कर रहे थे, पर न मुम्बई में प्रिया ने अपना ऐसा कोई दोस्त बनाया और न ही यहाँ विक्की ने। दोनों एक दूसरे की जगह किसी को नही दे पा रहे थे। न ही किसी पर वैसा विश्वास जो उन दोनों की दोस्ती में था।

लेकिन शायद भगवान ने कुछ और ही सोच रखा था, उनके लिए।

एक बार फिर से आज १० साल बाद दोनों एक दूसरे के सामने खड़े थे। समय के साथ दोनों बड़े तो हो गए थे। पर दोनों के दिल वैसे ही थे।

विक्की आज एक १५ साल का हैंडसम पंजाबी लड़का और प्रिया १६ साल की सुंदर, सभ्य और सीधी सादी लड़की थी। और आज जब इतने सालों बाद बारिश में प्रिया उससे मिलने वाकई आ गयी, जैसे हमेशा उसकी सोच में आती थी तो वो उसे पहचान नही पाया।

क्योंकि वो तो जानता ही नही था कि जिसका इंतज़ार वो इतने सालों से कर रहा है, वो एक दिन आएगा भी। उसे याद भी होगा कि कोई विक्की है जो उसे अभी भी याद करता है।

शाम को जब विक्की खाना–खाने बैठा तो उसने देखा कि रसोई में उसकी मम्मी के साथ कोई और भी है।

वो भागकर रसोई की तरफ गया, उसने जो देखा उसे देख कर उसकी आँखों में आँसू आ गए। वह रोये या हँसे, समझ नहीं पा रहा था।

वो कुछ बोल भी नहीं सका सीधे वहाँ खड़ी महिला के गले लग गया।

रोते हुए पूछा "कहाँ चली गयी थीं आप? बिना कुछ बताये, आंटी! प्रिया तो बड़ी हो गयी होगी न अब? १० साल से भी ज्यादा हो गए जब से मैंने उसे नहीं देखा। लेकिन इन १० सालों में मैं कुछ भी नही भूला और वो बोलता चला गया। उसके आंशू रुक ही नहीं रहे थे।

वहाँ बैठे सभी लोग समझ गए कि, विक्की अपने बचपन में चला गया। आंटी ने उसकी पीठ थपथपा कर कहा तू भी तो बड़ा हो गया , पहचान में ही नहीं आ रहा है। तभी विक्की उन लोगों की बातें बीच मे ही छोड़कर वहाँ से भाग कर अपने बगल वाले घर में गया, हाँफते-हाँफते उसने पूरा घर खोज डाला पर प्रिया कहीं नहीं मिली।

अध्याय २

वह घर में प्रिया को खोज ही रहा था कि उसे ऊपर वाले कमरे से कुछ आवाज़ सुनाई दी । वह भाग कर सीढियां चढ़ने लगा, जब वह सीढियाँ चढ़ रहा था तो उसके दिल की धड़कन तेज हो गयी और वह दिल ही दिल में खुद से बात करता जा रहा है जैसे वह पूछ रहा हो–

"ये दीवाने बता कि जब से वो है गया,
तबसे तू है खोया रहा,
ये दीवाने बता कि ये कहानी है क्या?"

और विक्की कमरे के बाहर दस्तक देते ही बोल बैठा– प्रिया, प्रिया....।

प्रिया बिना एक पल गंवायें पलटी जैसे वो इसी एक आवाज का इंतज़ार कर रही हो।

विक्की ने देखा तो उसकी आँखें आँसुओं से भरी थी। विक्की ने प्रिया को कुछ भी बोलने का मौका नही दिया और बोल बैठा–

"न वो कोई परी न कोई महज़बीं,
न वो दुनिया में सबसे है ज्यादा हंसीं,

सीधी साधी सी है, भोली भाली सी है,
लेकिन उसमें अदा एक निराली सी है।
जिसके बिना मेरा जीना ही क्या
मुझे उससे इकरार है उसी से प्यार है।"

प्रिया को ऐसा लगा जैसे ये गाना उसी के लिए बना हो। विक्की बोला जब तुम बारिश में आयी थी तो तुम्हें मैंने देखा तुम बहुत सुंदर लग रही थी। मेरे कॉलोनी में नए-नए, मैं, मैं वो, ... इतना कह कर वो रुक गया। और उसने प्रिया को गले से लगा लिया। उनके दिलों ने भी एक दूसरे को महसूस किया। अपनी आँखों में आये हल्के आँसू पोछते हुए उसने कहा- कहाँ थी तुम? तुम आ गयी हो... मुझे यकीन नही हो रहा है। तुम्हे पता है तुम्हारे जाने के बाद मैंने तुम्हें कितना याद किया है।

फिर थोड़ा पीछे हटा, प्रिया को पूरा देखा और बोला तुम कितनी बड़ी हो गयी हो। और तुम्हे पता है, तुम कितनी सुंदर लगने लगी हो।

नहीं मुझे नही पता, बताने के लिए शुक्रिया। मजाक में प्रिया ने विक्की को जवाब दिया, और बोली।

लेकिन तुम अभी भी पागल ही लगते हो।

हाँ बस थोड़ा लंबाई ज्यादा बढ़ गयी है। दोनों हँसने लगते हैं।

विक्की कहता है, कब से मुझे किसी ने ऐसे परेशान नही किया।

विक्की बोलता जा रहा था, प्रिया उसे देख रही थी, और खुद से ही बोल रही थी कितना हैंडसम लगने लगा मेरा विक्की। मैंने तो इतना

सोचा भी नही था। कब से तुमसे मिलना चाह रही थी मैं । वैसा ही है। बिल्कुल भी नही बदला पागल। और मुस्कुराने लगी।

विक्की ने उसे कंधे पर थपथपाते हुए पूछा,

कहाँ खो गयी तुम। मैं तुमसे बातें किये जा रहा हूँ और तुम मुझे सुन नही रही हो। है ना।

प्रिया उसके पास गई और शांत और सधी हुई आवाज़ में बोली– तुम्हे पता है, विक्की! जब मैं पंजाब से मुंबई गयी तब मैं करीब ५-६ साल की ही थी, मैं समझती नहीं थी, कुछ भी! लेकिन वहाँ के अकेले सफर ने मुझे बताया कि मैं तुमसे प्यार करती हूँ। तुम कितने ख़ास हो मेरे लिए।

मैं तो हमेशा से ही तुमसे प्यार करता आ रहा हूँ, विक्की ने अपनी बात रखते हुए कहा। और हर जन्म में मिलूँगा तुमसे, और वो हसने लगता है।

मजाक करने लगता है।

वो पूछने ही वाला होता है कि तुम वापस कैसे, तुमने तो शायद मुम्बई से १०वीं ही पास की होगी न फिर यहाँ कैसे....तभी प्रिया रोने लगती है।

और कहती है कि जब मैं यहाँ से गयी तो एक अच्छी खबर के साथ गयी थी कि पापा एक सरकारी वकील बन गए हैं । उन्हें मुम्बई में नियुक्त होना पड़ा तो हम मम्मी और बहन साथ चले गए, लेकिन पता नहीं था कि सच्चाई, ईमानदारी पर चलने वालों की ज़िंदगी बहुत छोटी होती है। किसी गैंगेस्टर के केस की वजह से उन लोगों ने पापा

को मार डाला और मम्मी घर वापस ले आयी हमें, इतना कहते-कहते प्रिया फूट-फूट कर रोने लगी।

प्रिया के पापा को मुम्बई में एक केस की पैरवी करनी थी, सरकार की तरफ से। लेकिन जिस व्यक्ति के खिलाफ वो खड़े थे, वो एक गैंगेस्टर था। उसने मि. रॉय को खरीदने की भी कोशिश की लेकिन जब वो नही बिके तो उसने उनकी हत्या करवा दी। और मजबूरन प्रिया की मम्मी को अपनी दोनों बेटियों को लेकर वापस अमृतसर आना पड़ा।

विक्की ने प्रिया को शांत कराया। उसका चेहरा अपने दोनों हाथों से पकड़कर बोला- तुम लोगों ने मेरे परिवार को ये बताना जरूरी नहीं समझा।

कोई लेटर पोस्ट नही कर सकती थी।

वो आँसुओं को पोछते हुए और उसकी बात को अनसुना करते हुए बोली- "मैं एक ईमानदार वकील बनना चाहती हूँ।" बिल्कुल अपने पापा के जैसी। मैं एल. एल. बी. करना चाहती हूँ।

विक्की ने कहा- मैं हमेशा तुम्हारे साथ हूँ। तुम रोना छोड़ो और अपनी पढ़ाई पर ध्यान दो।

तभी प्रिया विक्की से एक वादा लेती है और कहती है कि तुम मेरी मदद करना चाहते हो न? ..हाँ! विक्की ने कहा। तो ठीक है, तुम पुलिस की नौकरी करना, वादा करो! फिर मेरी मदद करना।

विक्की हँसने लगता है। और कहता है- तुम जैसे कहोगी, मैं वही करूँगा।

विक्की उसको वादा करके, उसे हँसा कर, घर के लिए चला गया।

जब वो घर आया, तो उसने देखा कि प्रिया की मम्मी उसके मम्मी पापा के सामने रो रही थीं।

तभी विक्की के पापा उनसे कहते हैं कि आप परेशान न हों। प्रिया हमारी भी बच्ची है।

हमारे लिए जैसा विक्की है वैसी ही प्रिया और छुटकी है। हम अपनी तरफ से पूरी कोशिश करेंगे सब ठीक करने की। और सब ठीक हो भी जाएगा। आप प्रिया की पढ़ाई की चिंता न करें।

प्रिया का नाम उसी स्कूल में लिखवा देंगे जिसमे विक्की जाता है, तो दोनों साथ–साथ पढ़ाई करेंगे। आपको प्रिया के लिए परेशान होने की जरूरत नहीं है, आपकी तरह प्रिया हमारी भी बेटी है। विक्की और प्रिया की पढ़ाई खत्म होने के बाद, उन दोनों की शादी कर देंगें। तो प्रिया हमेशा आप के साथ यहीं रहेगी। उसकी मम्मी अब तक थोड़ा ठीक हो गईं थीं।

विक्की की मम्मी ने उन्हें पानी दिया पीने के लिए। और उन्हें बिल्कुल शांत करवाया।

आज शायद वो खुल कर रोईं थी, मि. रॉय की मौत के बाद, तो अपने आपको हल्का महसूस कर रहीं थीं।

विक्की ये सब सुनकर खुश हो गया और खुद से ही बोला अरे वाह पापा। आपने तो मेरी सबसे प्यारी चीज मुझे बगैर मांगे ही दे दी है।

आप सबसे अच्छे हैं।

और खुशी से झूमता हुआ अपने कमरे में चला गया और अपने बचपन के कुछ फोटो देखने लगा।

प्रिया की फ़ोटो देखते हुए उसने कहा कितना अच्छा होता न यदि हम अपना पूरा बचपन साथ मे निकाल पाते। लेकिन कोई बात नहीं।

अब मैं हर वो चीज करूँगा, तुम्हारे लिए, जो मैं नही कर पाया।

ऐसे ही रात हो गयी, सोचते-सोचते और खुद से बात करते-करते और वो कब सो गया उसे पता ही नहीं चला।

अध्याय ३

सुबह ५ बजे उसे पापा के चिल्लाने की आवाज़ सुनाई दी।

विक्की, विक्की उठो जॉगिंग का टाइम हो गया तेरा, जब देखो तब सोता रहता है।

विक्की उठता है और खिड़की पर आता है, देखता है कि मौसम बहुत अच्छा है, ठंडी हवा चल रही थी और सड़क भीगी थी रात की बारिश की वजह से। उसकी खिड़की से प्रिया का कमरा दिखता है तो वह देखने की कोशिश करता है प्रिया को, पर उसे कोई नहीं दिखता है।

वह तैयार हो कर जॉगिंग के लिए निकल जाता है।

करीब एक दो घंटे बाद जब वह वापस आता है तो देखता है कि प्रिया और उसकी बहन गार्डन में कुछ काम कर रहे हैं। वह दोनों को मॉर्निंग विश कर के घर चला जाता है।

अपनी मम्मी से कहता है– “मम्मी नाश्ता तैयार करना मैं नहाकर आता हूँ”

विक्की जैसे ही अपने कमरे में जाता है वो देखता है कि प्रिया उसे खिड़की से देख रही थी वो प्रिया की ओर देख कर मुस्कुराया और उससे पूछा यहाँ क्यों खड़ी हो? क्या हुआ? चलो तैयार हो जाओ।

स्कूल नही चलना क्या? मैं नहा कर आता हूँ। तुम भी जाओ तैयार हो जाओ। और कपड़े ले कर नहाने चला जाता है।

विक्की के पापा ने उसी स्कूल में प्रिया के लिए बात कर ली थी। जिसमे विक्की पढ़ता था। जिससे कि प्रिया को कोई दिक्कत नही होगी और वो दोनों साथ मे आना–जाना कर सकेंगे।

तू अभी तक तैयार नही हुआ क्या विक्की। आज तेरी वजह से तेरे पापा को भी देर होने वाली है। मम्मी आवाज़ देते हुए कहतीं हैं।

मैं तैयार हूँ, मम्मी! नीचे उतरते हुए विक्की ने कहा– विक्की तैयार हो कर स्कूल बैग लेकर नीचे आता है। उसे तभी फ़ोन की रिंग सुनाई देती है।

उसके पापा फ़ोन उठाते हुए हेलो आप कौन? दूसरी तरफ से नमस्ते अंकल, मैं प्रिया बोल रही हूँ, विक्की स्कूल जाएगा क्या अंकल? हाँ! बेटा।

मैं आफिस निकलते वक्त उसे भी ले जाता हूँ, तुम भी साथ चलना। प्रिया हँसकर कहती है– जी अंकल! फ़ोन कट जाता है।

विक्की का स्कूल और उसके पापा का दफ्तर एक ही रास्ते मे थे। तो रोज वो आफिस जाते समय विक्की को अपने साथ ले जाते और स्कूल छोड़ते थे।

प्रिया विक्की के घर आती है, विक्की पापा की गाड़ी गैराज से निकालता है और तीनों लोग निकल जाते हैं।

विक्की और प्रिया स्कूल पहुचते हैं। स्कूल में प्रिया का ये पहला दिन था, इसलिए वह ज्यादा समय विक्की के साथ ही रही।

विक्की! मैं तुम्हारे साथ ही बैठूंगी, प्रिया ने कहा। विक्की ने प्रिया को अपनी सीट पर बैठा लिया।

पहला पीरियड शुरू हुआ। फिर दूसरा।

किसी टीचर ने प्रिया का इंट्रो लिया और किसी ने नही।

इसी तरह पहला दिन स्कूल में ठीक–ठीक निकला।

धीरे–धीरे प्रिया की दोस्ती और भी लोगों से होने लगी। और स्कूल का समय अच्छे से निकलने लगा।

प्रिया को धीरे–धीरे सभी टीचर्स जानने लगे थे क्योंकि प्रिया पढ़ाई में अच्छी थी और वह हमेशा समय से सारी चीजें करती थी।

क्लास के और बच्चे उससे कुछ चीजें पूछ लेते थे, जो उन्हें समझ नही आता था या जो वो टीचर्स से नही पूछ पाते थे।

एक दिन प्रिया और विक्की क्लास में बैठे थे। तभी एक लड़का आया और बोला– आपका नाम प्रिया रॉय है ना? प्रिया ने उसे पलट कर देखा और बोली– जी हाँ।

उसने कहा– क्या आप मुझे विज्ञान में कुछ बता सकती हैं? एक टॉपिक नही समझ आया मुझे।

प्रिया ने कहा– हाँ! पूछिये।

विक्की चुपचाप उन दोनों को देख रहा था।

प्रिया उसे वहीं पर वो टॉपिक समझाने लगी।

स्कूल में विज्ञान के टीचर्स नही हैं क्या? जो ये प्रिया से समझने के लिए आया है। वैसे तो बहुत टैलेंटेड बनता है। विक्की ने थोड़ा गुस्से में खुद से ही बोला।

प्रिया ने उसे धक्का देते हुए पूछा– क्या हुआ, कहाँ खो गए तुम?

कुछ नही, विक्की ने हँस कर बोला।

प्रिया ने विक्की की पढ़ाई पर भी ध्यान देना शुरू किया। वो उसकी चीजों पर गौर करती थी।

खाली समय में वह लाईब्रेरी, पार्क और क्लास में विक्की के साथ रहती और उसकी पढ़ाई भी करवाती ।

धीरे-धीरे समय बीतता जा रहा था प्रिया और विक्की की दोस्ती भी बढ़ती जा रही थी।

स्कूल के बाद दोनों शाम को अक्सर घूमने जाते थे। प्रिया को अमृतसर की वो सड़कें रात को बहुत अच्छी लगतीं थी। और दोनों ऐसी कई बातें करते थे जो अनजाने में ही सही, उनके सपनों से जुड़ती जा रही थीं। थोड़ी पढ़ाई, थोड़ी मस्ती इसी तरह साल कब निकल गया पता ही नही चला और एक महीने बाद की परीक्षाओं की तारीख आ गयी थी।

प्रिया मुझे तो कुछ आता भी नही है ज्यादा, पेपर कैसे दूँगा। विक्की ने थोड़ा परेशान होते हुए कहा।

तुम इतना परेशान क्यों होते हो, विक्की। अच्छे जाएँगे पेपर। हम साथ मे पढ़ेंगे, ठीक है।

बस मैं जो कहूँ वैसा करना। प्रिया ने उसे समझाते हुए कहा- तुम होशियार हो विक्की। बस थोड़ी लापरवाही करते हो।

अभी एक महीने का समय है। मेहनत करो थोड़ी सी, ठीक है।

आज शाम को स्टडी प्लान बनाते हैं घर पर। उसी हिसाब से पढ़ेंगे, प्रिया ने कहा।

एक महिने तक प्रिया और विक्की ने अपने बनाये हुए प्लान से पढ़ाई की। एक महीना निकल गया।

आज इन लोगों का पहला पेपर था। प्रिया बहुत खुश थी। दोनों के पेपर अच्छे हो रहे थे।

अच्छे से परीक्षा भी खत्म हो गयी। और अब स्कूल की छुट्टियां हो गईं थीं।

मैं सोच रही हूँ, इन छुटियों में कुछ सीखते हैं। प्रिया ने सोचने जैसा चेहरा बनाते हुए कहा– जैसे? विक्की ने पूछा।

जैसे डांस। प्रिया ने सुझाव दिया।

नहीं, मुझे डांस नही सीखना। विक्की ने कहा– फिर? प्रिया ने भौंहें चढ़ाते हुए पूछा।

मुझे गिटार सीखना है। विक्की ने खुशी से कहा। अरे वाह! ये तो बहुत अच्छी बात है। प्रिया ने खुश होते हुए कहा।

तो ठीक है। तुम गिटार सीखना और मैं डांस। शाम को टहलते हुए प्रिया और विक्की ये बातें कर रहे थे।

अगले दिन विक्की को उसके पापा ने किसी काम से सुबह से ही भेज दिया था।

दोपहर को प्रिया विक्की के घर आई तो उसने देखा कि कोई नही है घर पर। ताला लगा है।

प्रिया ने अपनी मम्मी से पूछा तो पता लगा कि विक्की के मम्मी-पापा भी किसी काम से बाहर गए हैं।

वो कुछ बताने आयी थी, विक्की को। विक्की को भी काम करके वापस आने में रात हो गयी।

विक्की खाना खाकर अपने कमरे में गया, यार! आज प्रिया से मिला ही नहीं, ये कहते हुए वो खिड़की पर आया। और प्रिया के

कमरे की खिड़की की तरफ देखने लगा। लेकिन कमरे की बत्ती बंद होने के कारण उसे कुछ नही दिखाई दिया।

कल मिलूँगा, इतना खुद से कहकर वह सो गया।

अगले दिन जब वह प्रिया के यहाँ पहुँचा तो देखा कि घर पर तो कोई नही है।

वह डर गया। अब ये लोग फिर से कहाँ चले गये। खुद से पूछते हुए विक्की ने कहा। भागकर अपनी मम्मी के पास गया तो हाफ ही रहा था कि उसकी मम्मी ने पूछा– क्यों इतना परेशान है? प्रिया के यहाँ से आ रहा है।

वो अपने किसी रिश्तेदार के यहाँ गयी है। उसकी मम्मी ने कल बताया था।

लेकिन तू कल यहाँ था ही नहीं । तो प्रिया नही मिल पाई तुझसे। बोल रही थी, जल्दी ही वापस आ जाएंगे। विक्की थोड़ा शांत हुआ।

खाना खा ले। मम्मी ने थाली लगाते हुए विक्की से कहा– नही खाना मुझे, भूख नही है अभी। इतना कह कर विक्की अपने कमरे में वापस चला गया।

उसे अच्छा नही लग रहा था। कुछ भी।

अगले दिन उसने शाम को दो घंटे के लिए गिटार की क्लास ज्वाइन कर ली। रोज वो गिटार सीखने जाता और सोचता, प्रिया होती तो कितना अच्छा होता।

अध्याय ४

एक दिन वो अपने कमरे में बैठकर कोई धुन सीख रहा था तभी अचानक कमरे पर किसी ने दस्तक दी, उसने दरवाजा खोला तो देखा कि दरवाजे पर प्रिया थी।

वो प्रिया को देखते ही उसके गले लग गया, जैसे वह उसका बरसों से इंतजार कर रहा हो।

विक्की ने डरी हुई आवाज में पूछा कि तुम लोग छुट्टियों में कहाँ चले गए थे?

बताया भी नहीं।

प्रिया ने कहा अपनी मासी के यहाँ गए थे।

क्यों? विक्की ने पूछा?

प्रिया ने कहा कि पापा के देहांत के बाद पैसे की दिक्कत होने लगी थी और गाँव जाना भी बंद कर दिया था तो मासी ने गांव का घर और खेत बेच दिया था। उसी वजह से घर बुलाया था, मम्मी को, तो अचानक से हम सभी को जाना पड़ गया था।

अरे वाह, गिटार! प्रिया ने विक्की के हाथ मे गिटार देख कर खुशी से पूछा– तुमने गिटार सीखना शुरू भी कर दिया, बहुत अच्छे। इतनी सिद्दत।

विक्की ने कुछ नही कहा। बस उसको देखा और मुस्कुराने लगा। गिटार बजा भी लेते हो, या ऐसे ही पकड़ रखा है। बजाओ, प्रिया ने विक्की की खिंचाई करते हुए कहा।

वह बोला एक दिन जरूर बजाऊँगा, सिर्फ तुम्हारे लिए।

प्रिया हँसने लगती है और कहती है- मैं उस दिन का इंतज़ार करूँगी।

कितना अच्छा लगेगा न, जब तुम मेरे लिए गिटार बजाओगे।

अगले दिन, प्रिया, प्रिया... विक्की के पापा ने नीचे से आवाज देते हुए बुलाया। जी अंकल! कहती हुई प्रिया ने अपने कमरे की खिड़की से आवाज दी।

बेटा! अभी उठी नहीं। बस अभी उठे हैं । बताइये? प्रिया ने उनसे पूछा। कुछ नही बस तुझे देखना था। इतनी देर तक मत सोया कर । बेटा क्यों न हमारे साथ तुम भी जॉगिंग पर चला करो। इस बहाने तुम भी जल्दी उठ जाओगी। विक्की के पापा ने प्रिया से कहा।

प्रिया ने कहा- ठीक है अंकल। कल से मैं भी चलूंगी साथ में।

अगले दिन से प्रिया भी जॉगिंग पर जाने लगी।

उसके साथ जाने की वजह से विक्की समय से उठ जाता था। वो खुश था। सुबह जॉगिंग के समय प्रिया उससे पूछती है- डांस क्लास ज्वाइन करोगे तुम। क्यों? विक्की ने पूछा।

अरे तुम्हे डांस नही आता ना। इसलिए।

ठीक है लेकिन एक शर्त पर। विक्की ने कहा।

क्या? प्रिया ने पूछा।

तुम्हे भी मेरे साथ चलना पड़ेगा, विक्की ने कहा।

प्रिया ने कुछ सोचते हुए बोला, ठीक है। मैं भी चलूंगी, कल से।

तो अगले दिन से विक्की उसे भी अपने साथ ले जाने लगा।

इसी तरह प्रिया-विक्की की नज़दीकियां भी बढ़ने लगतीं है।

विक्की प्रिया को लेकर रोज बाइक से शाम को घुमाया करता है। क्योंकि उसने बाइक सीखी ही थी तभी, और प्रिया को भी शाम को घूमना पसंद था। तो वो रोज शाम को अपनी बाइक पर उसे घुमाने ले जाता था। और कभी-कभी प्रिया को कुल्चे भी खिलवाता था। क्योंकि कुल्चे प्रिया को बहुत पसंन्द थे।

प्रिया पहले भी यहाँ रही थी लेकिन वो रहना या न रहना सब बराबर था क्योंकि तब वो बहुत छोटी थी।

लेकिन अब वो घूम रही थी।

वो रोज महसूस करती जैसे वो किसी अनजान शहर में घूमने के लिए निकलते हों और जो धीरे–धीरे अपना सा बनता जा रहा था। प्रिया को इस तरह से रहना अच्छा लगने लगा था।

तुम्हें एक अच्छी बात बतानी है, विक्की ने खुश हो कर प्रिया से कहा।

क्या? बोलो न! प्रिया ने पूछा।

तुमने अपनी क्लास में टॉप किया है। प्रिया खुश हो जाती है। और तुम्हारा, प्रिया ने विक्की से पूछा।

मैं भी पास हो गया हूँ। ७८% है, विक्की ने बताया।

तब प्रिया वाकई खुश हुई।

प्रिया और विक्की एक दूसरे की खुशी में ज्यादा खुश होते थे।

अब दोनों १२वीं कक्षा में आ गए थे। और कुछ दिन बाद स्कूल भी शुरू हो गया।

अध्याय ५

स्कूल के पहले दिन विक्की प्रिया को अपनी बाइक पर ले कर जाता है।

वहाँ पहुचते ही प्रिया सीधे हाल में चली जाती है और विक्की के दोस्त उसे घेर लेते हैं। क्योंकि वो पहली बार बाइक पर आया होता है।

प्रिया भी क्लास में सभी से मिलती है। सभी उसे बधाई देते हैं।

आज स्कूल में विक्की को अच्छा लगा। वह खुद में बड़ा खुश महसूस कर रहा था।

स्कूल खत्म होते ही उसने प्रिया से कहा, घर चलोगी?

प्रिया ने कहा – हाँ!

फिर दोनों घर के लिए निकलते हैं।

रास्ते में विक्की प्रिया को बातों में उलझाता है और उसे रेस्टोरेन्ट ले जाता है।

ये कहाँ हैं हम? प्रिया ने आश्चर्य से पूछा।

हम रेस्टोरेंट आये हैं। विक्की ने थोड़ा मुस्कुराते हुए कहा। और यहाँ किसलिए आते हैं, प्लीज अब ये मत पूछना। दोनों हँसने लगते हैं।

दोनों लोग खाना खाते हैं।

विक्की घर पर पहले ही बता दिया था कि आज स्कूल का पहला दिन है तो हम देर से आएँगे। आप प्रिया की मम्मी को बता दीजियेगा। इसलिए वो प्रिया के लिए बाहर खाने का प्लान करता है।

खाना खाने के बाद प्रिया विक्की से कहती है कि अब हमें घर चलना चाहिए क्योंकि शाम हो गयी है, मम्मी परेशान होगी। वैसे स्कूल में भी काफी समय हो गया था।

विक्की उठकर रेस्टोरेंट के बाहर निकलता है तो शाम काफी हुई होती है। विक्की बाइक लेकर सड़क पर आता है तो प्रिया वहाँ की रोड–लाइट की रोशनी और हल्की–हल्की हवा जो महसूस करती है वो उसे अंदर तक खुश कर देती है। वह विक्की से कहती है, कुछ देर के लिए क्या हम यहाँ रुक सकते हैं। हाँ! क्यों नहीं, और विक्की गाड़ी रोक देता है।

जैसे वो तो ऐसे ही किसी पल का इंतजार कर रहा हो जिसमें उन दोनों को और ज्यादा समय साथ मे रहने को मिले। प्रिया उस रोशनी और हवा में खो सी जाती है। विक्की उसकी तरफ मुस्कुरा कर देखता है।

वो लोग वहाँ से चल दिए।

बस मैं यही खुशी और सुकून तुम्हारे चेहरे पर हमेशा देखना चाहता हूँ। और मैं जानता हूँ कि वो कैसे लाना है। विक्की, प्रिया को देखते हुए खुद से ही बातें कर रहा था।

अब हम चलें? विक्की ने प्रिया से पूछा।

हाँ, हाँ... चलो। कहते हुए प्रिया बाइक की तरफ बढ़ती है।

दोनों लोग निकल जाते हैं।

थोड़ी देर में विक्की एक जगह बाइक रोकी।

प्रिया ने पूछा, क्या हुआ क्या हम घर आ गए?

विक्की ने कहा बस थोड़ा सा रुको फिर हम घर चलते हैं। फिर वह प्रिया को लेकर गया, जहाँ गोल्डन लाइट्ट्स और हल्का–हल्का संगीत

सुनाई दे रहा था। प्रिया को ये सब बहुत अच्छा लगता था। वह अपने सामने कुछ देख कर खुशी से बोली– हम गुरुद्वारे में हैं, चलो न अंदर चलते हैं।

प्रिया के चेहरे पर विक्की ये खुशी कब से देखना चाहता था।

वह उसे ऐसे देख कर बहुत खुश होता है और उसे लेकर गुरुद्वारे में जाता है। और खुद से ही बातें करता जाता है।

थैंक यू विक्की। थैंक यू हर चीज के लिए। प्रिया विक्की को देखते हुए खुद से बोलती है।

वहाँ माथा टेकने के बाद दोनों बाहर आतें हैं।

तुम्हें पता है, मुझे यहाँ बहुत अच्छा लगता है। यहाँ गुरुवाणी सुन कर दिल को सुकून मिलता। सारी परेशानियाँ दूर हो जातीं हैं। प्रिया ने खुश होते हुए कहा। पता है... विक्की ने शांत भाव से उत्तर दिया।

पूरा गुरुद्वारा घूमने के बाद दोनों बाहर आते हैं और तालाब के पास खड़े हो कर प्रिया सारा नज़ारा देख रही होती है।

वह उसके गले लगती है। क्योंकि वो बहुत खुश थी। दोनों लोग वहाँ लंगर खाने बैठते हैं।

विक्की अपने साथ मे बैठी प्रिया को देख कर महसूस कर रहा था कि जैसे आज उसे अपनी ज़िन्दगी की सबसे बड़ी खुशी मिल गयी हो।

वो शख्स जिसे वो तबसे चाहता था जब खुद वो इस एहसास के बारे में कुछ नहीं जानता था।

उसके बचपन का प्यार आज उसके साथ था जिसका वो कब से इंतजार कर रहा था।

आज प्रिया के साथ बिताया उसका सारा दिन वो खूबसूरत समय था जिसके बारे में उसने केवल सोचा ही था। वो खुश था कि आज

उसने अपनी प्रिया को वो खुशी दी जो उसके चेहरे पर साफ–साफ दिखाई दे रही थी।

वो ये सब सोच रहा था कि प्रिया ने उसे कोहनी मार कर पूछा– क्या सोच रहे हो तुम? जल्दी चलो हमे घर के लिए देर हो जाएगी।

फिर दोनों लंगर खत्म कर सीधा घर पहुँच गए। दोनों अपने आप में ही खोये हुए थे घर पहुच कर।

प्रिया जब अपने कमरे में पहुची तो उसे पूरे दिन में विक्की के साथ बिताया एक–एक पल आँखों के सामने दिखाई दे रहा था।

इससे अच्छा दिन मैंने कभी नही बिताया, अभी तक। उसने खुद से ही कहा।

उसे महसूस होता है कि उसका हक अब और बढ़ गया है विक्की पर। अब विक्की सिर्फ उसका है।

बहुत अच्छे विक्की। आज तूने वाकई अच्छा काम किया है– खुद को ही शाबाशी देते हुए विक्की ने कहा।

देखा आज वो कितनी खुश थी। और वो खुश, तो मैं खुश। खुद से ही बात करते–करते विक्की सो गया।

अध्याय ६

अगली सुबह विक्की जॉगिंग से वापस आ रहा था। मौसम बहुत प्यारा था। मम्मी-पापा दोनों लोग घर के बाहर बने गार्डन में बैठे होते हैं। वह भी उन लोगो के साथ बैठ जाता है।

मम्मी, कहकर विक्की रुक जाता है।

वह मम्मी को कुछ बताने ही वाला होता है तभी उसकी मम्मी ने कहा, तू आ गया बेटा, चल जल्दी से कपड़े बदल और नाश्ते के लिए नीचे आ जा।

विक्की मम्मी से बात नही कर पाया और सीधा अपने कमरे में चला गया।

थोड़ी देर में वह तैयार हो कर नाश्ते के लिए नीचे आया, जैसे ही वो नाश्ता करने बैठता है, पीछे से पापा की आवाज़ आती है– विक्की तेरा दिमाग शायद पढ़ाई में नही लग रहा है, आज कल क्या?

विक्की ने हकलाते हुए कहा – नहीं, नहीं... पापा ऐसा कुछ नहीं है, सब ठीक है। मेरी पढ़ाई भी ठीक चल रही है।

पापा नाश्ता करके अपने आफिस के लिए निकल जाते हैं। और विक्की प्रिया को लेकर स्कूल चला जाता है।

विक्की और प्रिया किसी बात पर बहस कर रहे होते हैं।

तुम डिबेट में हिस्सा लोगी। विक्की ने प्रिया से पूछा। नहीं विक्की मैं डिबेट में हिस्सा नही ले सकती हूँ– प्रिया ने थोड़ा परेशान होते हुए कहा।

क्यों? विक्की ने पूछा।

अरे! मुझे नही बोलना है– प्रिया ने कहा।

तुम कितना अच्छा बोलती हो। तुम बोलोगी तुम्हे मेरी कसम है। विक्की ने जोर देते हुए कहा।

प्रिया ने उसकी बात मान ली।

दोनों स्कूल में होने वाली प्रतियोगिता में हिस्सा लेने की। बात कर रहे थे। जिसमें और भी कई तरह की प्रतियोगिताएँ थीं।

प्रिया स्टडी के अलावा सिंगिंग, डांसिंग और पब्लिक स्पीकिंग में भी अच्छी थी।

वह अपनी प्रतियोगिता की तैयारी करने लगी।

एक दिन वह अपनी क्लास में तैयारी कर रही थी। उसे उसकी क्लास टीचर ने बुलाया।

प्रिया हमने अपनी क्लास की तरफ से डांस प्रतियोगिता के लिए तुम्हारा और आदित्य का नाम दिया है।

क्या! प्रिया ने चौंकते हुए कहा।

लेकिन मैडम मैं, उसके साथ, कहते–कहते प्रिया रुक गयी।

क्यों क्या हुआ? तुम तो डांस कर लेती हो ना। तो फिर क्या समस्या है।

जाओ और आदित्य के साथ डांस की तैयारी करो।

जी मैडम! प्रिया ने बगैर मन से कहा।

आदित्य प्रिया की ही क्लास का एक लड़का था। पढ़ाई में लड़कों में सबसे अच्छा था। इसलिए उसे भी टीचर पसंद करते थे।

तुमने उन्हें मना क्यों नही किया, उसके साथ डांस करने को। विक्की ने थोड़ा परेशान होते हुए पूछा?

यार! मैंने बोला था, मैडम को। लेकिन वो मुझ पर गुस्सा होने लगी।

और फरमान दे दिया कि मुझे करना ही होगा। मुझसे बोलीं– प्रिया मैं तुम से पूछ नही रही हूँ, बता रही हूँ। प्रिया ने गुस्से में सारी बात बताई।

अब कल से ही डांस की प्रैक्टिस करना है। प्रिया ने खुद से गुस्से में कहा।

अगले दिन से वो क्लासेज खत्म होने के बाद हॉल में जाती और आदित्य के साथ डांस प्रैक्टिस करती।

विक्की उसका इतंजार करता रहता। शाम को घर पहुँचते ही प्रिया अपनी मम्मी के साथ काम मे हाथ बटाती। इस तरह एक हफ्ते से ज्यादा निकल गया।

विक्की को गुस्सा आने लगा था।

विक्की चलो न हॉल में....प्लीज! प्रिया ने उसका हाथ खींचते हुए कहा।

नहीं जाना मुझे। और क्या करूँगा मैं वहाँ। तुम दोनों को डांस करते हुए देखूंगा क्या? विक्की ने गुस्से में कहा।

ओह! तो बुरा लग रहा है, तुम्हें... हाँ। प्रिया ने मज़ाक करते हुए कहा।

देखो प्रिया अभी मज़ाक मत करो। मेरा दिमाग खराब है। विक्की ने उसकी तरफ बिना देखे हुए कहा। मैं जा रहा हूँ।

जब तुम्हें समय मिल जाये तो आ जाना। इतना कहकर विक्की चला गया।

आज तो विक्की सच में बहुत गुस्सा हो गया यार!

प्रिया ने परेशानी जैसा मुँह बनाते हुए खुद से कहा। और वो प्रैक्टिस के लिए चली गयी।

विक्की को मनाकर आतीं हूँ, ये कहते हुए प्रिया अपने घर से निकल रही थी।

आंटी विक्की कहाँ है? प्रिया ने धीरे से विक्की की मम्मी से पूछा।

ऊपर हैं, साहबज़ादे! और कहाँ होंगे। स्कूल से आने के बाद वहीं बैठा है। खाना भी नही खाया। विक्की की मम्मी ने विक्की पर गुस्सा करते हुए प्रिया से कहा।

प्रिया ने आश्चर्य वाला चेहरा बनाया।

मैं जा कर देखती हूँ। प्रिया ने मुस्कुराते हुए उनसे कहा।

हाँ तू भी देख ले, शायद तेरी बात मान जाए। विक्की की मम्मी ने कहा।

प्रिया उसके कमरे में जाती है।

दरवाजा हल्का खुला हुआ होता है। वो धीरे से धक्का देकर अंदर जाती है तो उसके पैरों से कुछ अटक जाता है।

ये क्या किया तुमने! वह अपने पैरों से गिटार के तार हटाती हुई विक्की पर चिल्लाती है। तुमने गिटार तोड़ दिया।

विक्की उसकी तरफ देखता है और फिर नज़र अंदाज़ कर देता है।

मैं तुमसे पूछ रही हूँ, पागल। प्रिया उसके पास जा कर बोली। उसने फिर भी कुछ जवाब नही दिया।

वो उसके पास जाकर बैठ गयी।

मतलब गुस्सा बहुत तेज था। प्रिया ने खुद से कहा।

उसने आगे बढ़कर विक्की को गले लगा लिया।

उसे पता था कि विक्की कितना भी गुस्सा हो या परेशान हो, उसे बस गले लगा लो वह तुरंत ठीक हो जाता है। ये उसकी बहुत पुरानी आदत है। और ऐसा ही हुआ।

प्रिया ने जैसे ही विक्की को गले लगाया, उसे अच्छा लगा और फिर गिटार तोड़ने पर बुरा भी लगा।

अब मैं क्या करूँगा? मेरा गिटार तो तोड़ दिया मैंने। विक्की ने सहमते हुए कहा।

दोनों ने टूटे हुए गिटार की तरफ देखा और फिर हँसने लगे।

कोई बात नही दूसरा आ जायेगा। लेकिन ऐसे गुस्सा नही होते ना। प्रिया ने प्यार से कहा।

सर्दियाँ शुरू हो गयी थीं। विक्की की मम्मी ने दोनों को एक जैसे दो स्वेटर बुने थे। प्रिया विक्की दोनों एक जैसा स्वेटर पहन कर जाते थे स्कूल।

क्लास के बाकी बच्चे इन दोनों पर गौर करने लगे थे। हमेशा साथ रहना। प्रिया का विक्की को पढ़ाना। उसके ऊपर ध्यान देना।

प्रिया हमेशा सोचती थी कि विक्की सबसे अच्छा दिखे। तो वो उसे कुछ न कुछ खरीद कर देती रहती या उसे बताती रहती थी।

विक्की को यदि कोई और कुछ भी दे तो उसे बहुत बुरा लगता था। जैसे क्लास का कोई भी बच्चा चाहे लड़का हो या लड़की।

वो उसे अपने पास रख लेती थी।

विक्की भी उसकी ये आदत जनता था। तो उसे कभी भी कोई कुछ भी दे वह प्रिया को दे देता था।

इस तरह से दोनों के बीच नज़दीकियाँ बढ़ती जा रही थी।

क्लास के बच्चों की बातों और कमैंट्स ने भी दोनों को नजदीक आने में काफी सहायता की।

वो क्या है ना कभी–कभी जब दूसरे हमारे बारे में वो बातें करते हैं जिन पर हम ध्यान नही देतें है, तब हमें एहसास होता है उन चीजों का।

यही उन दोनों के साथ हो रहा था।

अध्याय ७

क्या दूँ, क्या दूँ। प्रिया अकेले में ही बैठ कर सोच रही थी।

विक्की का जन्मदिन आने वाला था। 1 जनवरी को।

प्रिया इसी बात को लेकर परेशान थी कि वो विक्की को उपहार में क्या दे।

गिटार! उसने खुश होते हुए खुद से कहा।

उसका गिटार तोड़ दिया था न उसने। उससे अच्छा क्या हो सकता है।

वो तो खुश हो जाएगा। खुद से ही बातें कर रही थी।

वैसे तो एक जनवरी को नया साल भी शुरू होता है, लेकिन प्रिया एक जनवरी का इंतज़ार केवल उसके जन्मदिन के लिए ही करती थी। उसी में वो नए साल की मस्ती कर लेती थी।

हाँ! एक बात और प्रिया के बारे में, जो आप लोगों को पता होनी चाहिए।

वो ये कि विक्की के अलावा यदि कोई ऐसा था जिससे वो सबसे ज्यादा बातें करती थी, तो वो खुद ही थी।

उसकी एक आदत थी वो खुद से बहुत बातें करती थी। अकेले में ही।

कभी कभी तो विक्की उसे इस बात के लिए इतना चिढा देता की वो परेशान हो जाती थी। और उससे गुस्सा भी हो जाती थी। फिर विक्की को ही उसे मनाना पड़ता था।

जन्मदिन मुबारक हो विक्की। प्रिया ने विक्की से कहा।

दोनों स्कूल जा रहे थे।

थैंक यू! विक्की ने हँसकर कहा।

दोनों लोग स्कूल पहुँचे और सभी दोस्तों को नए साल की बधाई दी। इसी में आधा दिन निकल गया।

प्रिया उसे कोई सरप्राइज देना चाहती थी। लेकिन विक्की तो हर वक़्त उसके साथ ही रहता है। इसलिए वो सोच नही पा रही थी कि कैसे करे।

उसे एक तरीका सूझा। वह बीमारी का बहाना बनाकर स्कूल से आ गयी।

लेकिन उसे पता था कि विक्की भी जरूर ही आएगा। और वैसा ही हुआ। उसने अपनी मम्मी की मदद से उसे किसी काम से घर के बाहर भेज दिया।।

आज तो प्रिया के साथ ज्यादा रह ही नही पाया। पूरा दिन निकल गया और उसकी भी तबियत ठीक नही है। ये सोचता हुआ वो अपने घर में गया।

लेकिन आज तो वहाँ पर भी सब बाकी दिनों की तरह ही था।

मम्मी-पापा ने भी कुछ नही किया क्या मेरे लिए इस बार। दुखी हो कर खुद से बोला।

जब वो अपने कमरे में पहुंचा बिजली जलाई तो वह चौंक गया।

उसका पूरा कमरा सजा हुआ था। ढेर सारी लाइट्स, फूल, मोमबत्तियां। इन सभी से उसके कमरे को सजाया हुआ था। उसकी नज़र बेड पर गयी। उस पर एक केक रखा हुआ था। और पास में एक गिटार। जिस पर लिखा हुआ था, जन्मदिन मुबारक हो पागल।

वो देख कर वह सब हँसने लगा। प्रिया, खुद से ही बोला। उसे यह देख कर समझने में देर नही लगी कि ये किसने दिया है। वो देख ही रहा था ये सब की पीछे से प्रिया, उसकी बहन, और उसका पूरा परिवार आ गया।

विक्की ने मम्मी–पापा और प्रिया की मम्मी के पैर छूकर आशीर्वाद लिया। फिर उसने केक काटा।

थोड़ी देर में कमरे से सब चले गए उसका जन्मदिन मनाकर। प्रिया रुक गयी।

ये अब तक का मेरा सबसे अच्छा जन्मदिन है। विक्की ने खुश होते हुए बड़े शांत हो कर प्रिया से कहा

गिटार बहुत अच्छा है। तुमने कैसे किया अकेले ये सब। विक्की ने प्रिया से पूछा।

बस, कर लिया। प्रिया ने खुद को शाबाशी देने वाले सुर में कहा।

तुम खुश हो न? प्रिया ने विक्की से पूछा।

बहुत, उसने जवाब दिया।

और प्रिया को गले लगा लिया। थैंक यू, हर चीज के लिए। विक्की ने प्रिया से कहा।

कुछ महीनों बाद

एक दिन स्कूल में विक्की - प्रिया ने नोटिस बोर्ड पर एक नोटिस देखा। जिसमे स्कूल में वार्षिक प्रोग्राम होने के लिए सूचना थी।

विक्की प्रिया से पूछा, क्या तुम हिस्सा लेना चाहती हो इसमें?

प्रिया ने कहा, अभी मैंने कुछ सोचा नहीं है इसके बारे में सोच कर बताऊंगी।

स्कूल खत्म होने के बाद विक्की अपने घर पहुँचा और खाना खाकर अपने कमरे में आया तभी उसकी मम्मी पीछे से आती हैं और उससे कहती है कि एक बात बताएगा?

क्या? विक्की ने कहा।

तू प्रिया को पसंद करता है ना? हाँ...।

मुझे पता है तू ये बात पहले ही हमें बताने वाला था ना। जिस दिन तू गार्डन में बैठा था, उस दिन यही बात बोलने के लिए बैठा था ना।

लेकिन अपने पापा के डर से कह नही पाया।

मम्मी मैं विक्की के घर जा रहीं हूँ।

प्रिया अपने घर से निकलते वक्त नीचे से अपनी मम्मी से जोर से आवाज देकर बताती है, और विक्की के घर आती है।

उसने देखा तो बरामदे में कोई नही था। आंटी, आंटी.. उसने विक्की की मम्मी को धीरे से आवाज दी।

पर कोई भी जवाब नही आया, वह विक्की के कमरे की तरफ गयी तो उसे विक्की की आवाज सुनाई दी, तो वह धीरे से बिना कुछ बोले दरवाजे के पास ही खड़ी हो जाती है। और धीरे से देखती है कि विक्की की मम्मी और वो, दोनो लोग बात कर रहे होते है।

विक्की अंदर अपनी मम्मी से कह रहा होता है कि उस दिन बाहर गार्डन में मैं आपसे कुछ बोलना चाहता था कि, वो मैं प्रिया को लेकर गुरुद्वारे गया था उसमें सिर्फ मेरी मर्ज़ी थी। मैं उसे बस खुश देखना चाहता हूँ, इसलिए।

मेरा दिल करता है कि मैं बस उसे छोटी-छोटी खुशियाँ देता रहूँ। और वो हमेशा हँसती रहे।

उसकी मम्मी कहती है पता है तुझे उस दिन तेरे पापा ने जलियांवाला बाग के पास प्रिया के साथ देख लिया था। जब वो आफिस से आये तभी घर पर प्रिया की मम्मी भी आई हुई थी।

वह भी प्रिया की ही बातें कर रहीं थीं कि प्रिया अब खुश रहने लगी है, और आज उसके कमरे को साफ करते समय उसकी किताब से एक कागज का टुकड़ा मिला जिसमे प्रिया के कुछ सपने लिखे हुए थे। उसको लेकर प्रिया की मम्मी परेशान थी। विक्की ने पूछा– उसमे ऐसा क्या लिखा था जो वो परेशान थी, मम्मी!

वो ये की उन सपनों में एक सपना था कि वो एक अच्छा वकील बनना चाहती है। और उसकी मम्मी ये नही चाहती कि उनके घर मे अब और कोई भी वकालत करे।

वो पहले ही इन सब में अपने पति को खो चुकी हैं। और उनकी बेटियां ही उनका सहारा हैं। अब वो इस सबसे दूर रहना चाहती हैं। इसीलिए वो मुम्बई छोड़कर यहाँ आ गईं।

मम्मी प्रिया का ये सपना है कि वो एक अच्छी वकील बनना चाहती है, ईमानदार बिल्कुल अपने पापा जैसी। और इसमें बुरा क्या है। जो प्रिया के पापा के साथ हुआ, वो बिल्कुल भी अच्छा नही है।

लेकिन उसकी वजह से हम उसे उसके सपने को पूरा करने से नही रोक सकते और रोकना भी नही चाहिए।

विक्की अपनी मम्मी को प्रिया के सपने को पूरा व सही से सुनाता है।

और कहता है कि मम्मी मैं उसके सपने को पूरा करने में प्रिया का साथ देना चाहता हूँ।

और उसके साथ मुम्बई जाना चाहता हूँ, उसके सपने के नज़दीक।

उसकी मम्मी हंसकर कहती है– ठीक है बेटा, पहले अपना स्कूल तो पूरा कर ले। और कम से कम प्रिया की वजह से तू थोड़ा समझदार तो हुआ।

और विक्की के सर पर हाथ रखकर कहती है कि तू परेशान मत हो प्रिया के वकील बनने का सपना जरूर पूरा होगा, क्योंकि मैं और तेरे पापा तेरे साथ हैं।

बस तू १२वीं में अच्छी तरह से पास हो कर दिखा फिर मैं तेरे पापा से तेरे मुंबई जाने की बात करतीं हूँ।

विक्की की मम्मी कमरे से बाहर निकलने के लिए दरवाजे की तरफ आती हैं तो प्रिया छिप जाती है।

प्रिया ये सब सुनकर अंदर से खुश भी होती है। और थोड़ा गर्व सा मसहूस करती है अपने विक्की पर।

अब मेरा विक्की वाकई बड़ा हो गया। उसने खुद से कहा।

मम्मी नीचे चली जाती हैं और पापा के आने का इंतजार करती हैं।

अध्याय ८

प्रिया अचानक से विक्की के कमरे में आ जाती है।

प्रिया को इस तरह देख कर विक्की चौंक गया।

तुम इधर कैसे, कुछ हो गया क्या? विक्की ने घबराकर पूछा।

कुछ नही हुआ।

मैं डांस और गाने की प्रतियोगिता में हिस्सा लेना चाहती हूँ। और वो भी तुम्हारे साथ। प्रिया ने खुशी से कहा।

यही बताने आयी हूँ। तुम्हें भी डांस में मेरे साथ होना पड़ेगा।

तो कल स्कूल में अपना और मेरा नाम दे देना।

हाँ! एक बात और मेरे गाने में तुम अपना टुनटुना (गिटार) बजाओगे? मंज़ूर है! तो कल से प्रैक्टिस के लिए चलना... साथ में चलना वरना में हिस्सा नहीं लूंगी।

विक्की हँसता है और कहता है ठीक है। इसमें अभी एक महीने का समय है इसलिए तैयारी शुरू और तुम्हे जिताने के लिए मैं इस टुनटुने में कोई धुन सोचता हूँ।

शाम के समय दोनों एक डांस क्लास जाने लगते हैं। २० दिन की तैयारी के बाद विक्की प्रिया अपना डांस और गाना अपने टीचर्स के सामने रखा तो उन्हें भी पसंद आया।

फिर दोनों लोगों को हॉल में प्रैक्टिस करने के लिए बोल दिया गया। १० दिन तक स्कूल के खाली समय मे दोनों अपनी प्रतियोगिता

की तैयारी स्टेज पर ही करते हैं। १ महीने की तैयारी के दौरान विक्की प्रिया को साथ देख कर बाकी के बच्चे भी इन्हें लव बड्र्स के जैसे देखने लगे थे।

विक्की और प्रिया ने इस १ महीने में एक अलग ही ज़िन्दगी जी थी। इससे पहले इतना समय एक साथ रहने का मौका ही नहीं मिला था।

दोनों लोग अपने इस टाइम को बहुत अच्छे से जी रहे थे और बहुत खुश भी थे। इस प्रैक्टिस के दौरान दोनों पहले से भी ज्यादा करीब आ गए थे। १० दिन भी खत्म हो गए।

और प्रतियोगिता के लिए सज़ावाट भी होने लगी। अगले दिन शाम को सभी के मम्मी-पापा आते हैं।

प्रिया की मम्मी और बहन, विक्की के मम्मी-पापा सभी लोग आते हैं। विक्की उनको बैठा कर चला जाता है।

सभी अपनी जगह पर बैठ जाते हैं। और प्रोग्राम शुरू होता है। धीरे–धीरे रोशनी अँधेरे में बदल जाती है।

स्टेज का पर्दा खुलता है और प्रिया के गाने से प्रोग्राम की शुरुआत होती है। प्रिया वहाँ आकर अपना परिचय देकर कहती है। कि आज का ये गाना मैं अपने दोस्त विक्की को डेडिकेट कर रही हूँ।

ये सुनकर विक्की चौंक जाता है।

प्रिया की तरफ़ से विक्की के लिए यही सबसे बड़ा सरप्राइज था।

जो उसके लिए बहुत खास था। फिर पूरे स्कूल के सामने प्रिया विक्की के लिए गाना गाती है।

इस सरप्राइज के लिए प्रिया बहुत दिनों से तैयारी कर रही थी।

विक्की ने तो ये कभी सोचा ही नही था कि सभी के सामने प्रिया उसके लिए गाना गायेगी।

पागल है बिल्कुल। कब क्या कर दे कोई समझ ही नही सकता। विक्की ने अपने मन मे प्रिया के लिए कहा।

वो इतना खुश था कि उसकी आँखों से आँसू छलक आये।

पूरे गाने के दौरान विक्की केवल अपनी प्रिया को देखता रहा, उसका मन कर रहा था कि वो उसी वक़्त उसे गले से लगा ले।

प्रिया का गाना खत्म हुआ। और फिर एक के बाद एक सभी प्रोग्राम होते हैं।

पूरा हॉल तालियों से गूंज रहा होता है । कुछ हास्य नाटक भी होते हैं, सभी इन नाटकों को देख कर हँस रहे होते हैं।

और हँसी से गूंजती ये शाम विक्की के दिल में प्यार की तरफ एक करवट ले चुकी थी। जिसमें उसे लग रहा था जैसे वह फिर से प्रिया से बेइंतहा प्यार करने लगा हो।

और वो अपनी अंतिम प्रस्तुति का इंतजार कर रहा था।

तभी विक्की और प्रिया का नाम बुलाया जाता है। दोनों लोग अपना डांस प्रस्तुत करतें हैं और उस शाम को और भी खूबसूरत बनाते हैं।

विक्की और प्रिया को पता ही नही चलता कि कब डांस खत्म हो गया और सभी खड़े हो कर तालियाँ बजाने लगे।

ये पल उनकी ज़िंदगी का बहुत खूबसूरत पल था। दोनों के दिल आपस में एक–दूसरे के साथ रहने का वादा भी कर लेते हैं।

ये डांस देख कर विक्की प्रिया के मम्मी पापा बहुत खुश होतें हैं। सभी बहुत खुश होते हैं, तालियों से हॉल गूंज रहा था।। प्रिया और

विक्की को उस साल की सबसे अच्छी जोड़ी का ईनाम भी दिया जाता है।

अध्याय ९

अगले दिन से प्रिया और विक्की साथ में ज्यादा समय बिताने लगे। प्रिया अपनी पढ़ाई के साथ–साथ विक्की की पढ़ाई पर भी ध्यान देती थी। अब वार्षिक परीक्षाएँ आने वाली थीं और ज्यादा से ज्यादा सब अपनी पढ़ाई में ही लगे थे।

प्रिया ने अपनी शाम की डांस क्लास भी बंद कर दी और सुबह जॉगिंग जाना भी बंद कर दिया। ऐसा उनके परीक्षा तक चलता रहा।

आज उनकी परीक्षा का पहला दिन था। थोड़ा डर भी लग रहा था।

प्रिया विक्की को कहती है, अच्छे से पेपर करना विक्की।

फिर दोनों अपने–अपने परीक्षा हॉल में चले जाते हैं।

प्रिया बहुत खुश हो कर बाहर निकली पेपर के बाद।

वह विक्की से मिली और पूछा कि कैसा हुआ पेपर?

अच्छा हुआ पर बहुत अच्छा नहीं, विक्की ने जवाब दिया।।

मेरा बहुत अच्छा हुआ। खुश हो कर प्रिया ने कहा।

चलो कोई बात नही तुम अच्छे से पढ़ो अगले पेपर के लिए, कुछ नया मत पढ़ना जो आता है उसी को पढ़ो। प्रिया ने विक्की को समझाते हुए कहा।

प्रिया और विक्की घर के लिए निकल जाते हैं।

आज आखिरी पेपर भी खत्म हो चुका था। सभी एक दूसरे से मिल रहे थे। विक्की भी अपने दोस्तों और टीचर्स से मिला और बाहर गार्डन में अकेला बैठ गया।

वह वहाँ कुछ दूसरी कक्षा के बच्चों को खेलते, पढ़ते, और लड़ते झगड़ते देख रहा था।

उसे अपनी स्कूल लाइफ, अपने दोस्तों और प्रिया के साथ बिताया समय याद आने लगता है। उनके साथ लड़ना, झगड़ना, प्रिया को परेशान करना, उसे मनाना, उसके साथ बाहर गार्डन में आ कर पढ़ाई करना। सब कुछ याद आ जाता है उसे।

वह यही सोच कर दुखी था कि कितने जल्दी स्कूल का समय भी खत्म हो गया।

अब वो क्या करेगा।

तुम यहाँ अकेले क्या कर रहे हो। प्रिया ने आवाज़ देते हुए पूछा।

विक्की ने उसे पलट कर देखा तो प्रिया देखती है उसकी आँखों मे आँसू थे।

जिस विक्की को वो हमेशा हंसता हुआ देखती थी आज पहली बार उसकी आँखों मे आँसू देख कर वो परेशान हो गयी।

उसने बिना कुछ कहे उसे गले लगा लिया। जैसे ही प्रिया ने उसे गले से लगाया वो अपने आपको रोक नही सका और रोने लगा।

प्रिया ने उससे पूछा कि क्या हुआ। लेकिन उसने कोई जवाब नही दिया।

प्रिया उसे समझाने लगती है उससे बातें करती है।

उससे कहती है कि हर व्यक्ति अपने जीवन में कोई न कोई सपना जरूर देखता है और वो हमेशा उस सपने में ही जीना चाहता है।

अपने सपनों के महल में रहना चाहता है। तो उस सपने को पाने के लिए उसे आगे तो बढ़ना पड़ेगा न।

जैसे देखो मेरा केवल एक सपना था अपने पापा की तरह अच्छा वकील बनने का, जो मैंने अपने पापा से वादा किया था।

और जब मैं यहाँ आयी तो इस अमृतसर ने मुझे एक और सपना दिया। मेरा प्यार दिया। मुझे तुमसे मिलाया दोबारा।

अब मेरा एक और सपना है मेरा एक घर हो और मैं तुम्हारे साथ रहूँ उसमें।

मुझे तो इस शहर ने और इस स्कूल ने बहुत कुछ दिया है।

विक्की ये सब सुनते सुनते रोने लगता है और प्रिया गोदी में सिर रख कर लेट जाता है गार्डन में।

प्रिया उसके सिर पर हाथ फेरने लगती है और उससे कहती है कि तुम अब और अच्छे से पढ़ाई करना क्योंकि अब हमारे जीवन का दूसरा पड़ाव शुरू होने वाला है।

फिर दोनों लोग स्कूल के सामने एक वादा करते है कि वो दोनों जिस भी जगह जाएँगे हेमशा साथ रहेंगे। और शाम को दोनों लोग अपने घर पहुँच जाते हैं।

कुछ दिन बाद विक्की अपने कमरे की खिड़की से एक कार को प्रिया के घर की तरफ जाते हुए देखता है।

उस गाड़ी से उसके मामा जी निकलते हैं। फिर विक्की अपने बिस्तर पर वापस आता है और सो जाता है।

शाम को जब वो खिड़की खोलता है तो देखता है प्रिया उसी के घर की तरफ आ रही होती है।

वो जल्दी से हाथ मुहँ धोकर नीचे आया, तो प्रिया उसके मम्मी-पापा के साथ बैठी थी।

वो लोग बातें कर रहे थे तो उसे कहीं जाने की बात सुनाई देती है। वो प्रिया से बात करने के लिए आगे बढ़ता है तभी प्रिया की मम्मी आ जाती हैं।

वो विक्की की मम्मी से कहती हैं "कल सुबह हम दिल्ली निकल रहे हैं, भाई आया है लेने के लिए।

प्रिया की प्रवेश परीक्षा है दिल्ली में।

यह सुन कर विक्की बिना कुछ कहे वापस अपने कमरे में चला जाता है। प्रिया उसे जाते हुए देख लेती है। वह भी उसके पीछे उसके कमरे में जाती है। और विक्की को रोते हुए देखती है।

वह उसके नज़दीक जाती है और उसे चुप कराती है। प्लीज विक्की तुम रोओ मत, प्लीज!

मैं हमेशा तुम्हारे साथ हूँ, मेरे होने पर भी और न होने पर भी।

मैं तुम्हरी हूँ और हमेशा रहूँगी।

ये सब सुनकर भी विक्की न तो उसकी तरफ देखता है ना उसके गले लगता है और न ही रोना बंद करता है।

प्रिया उसे चुप करवाती रहती है।

थोड़ी देर बाद वो प्रिया से पूछता है कि तुमने मुझसे क्यों झूठ बोला था कि तुम इन छुट्टियों में कहीं नही जा रही हो।

और तुमने कोई प्रवेश परीक्षा के लिए आवेदन किया है। तुमने मुझे ये बताना भी जरूरी नही समझा। विक्की ने गुस्से में प्रिया से कहा।

क्या तुम्हारी मम्मी का पंजाब का सफर पूरा हो गया? जो दिल्ली जाना चाहतीं हैं, अब।

ये सुनकर प्रिया को गुस्सा आ जाता है और वो विक्की को थप्पड़ मार देती है। और कहती है, मैंने कहा न की मैं हमेशा साथ रहूँगी।

विक्की रोता रहता है।

प्रिया विक्की से माफी माँगती है।

उसे बताती है कि हम दो बहिनें हैं और मम्मी अकेले पड़ जाती हैं। मामा, मम्मी का खयाल रखते हैं। पापा के बाद उन्होंने ही हम लोगो को संभाला था।

और हमारी पढ़ाई से लेकर नौकरी तक कि जिम्मेदारी भी ली थी।

मामा वही जिम्मेदारी पूरी कर रहे हैं। और वैसे भी मम्मी ने मेरी ओर छुटकी की छुट्टियों के बाद ही ये प्लान बनाया और मुझसे भी पूछा।

मम्मी के पास अब कुछ खुशियाँ ही बची हैं, हम चाहतें हैं वो उन्हें मिल जाएँ।

वहाँ वो अपने मम्मी-पापा, भाईयों, बहनों से मिलेंगी तो उन्हें अच्छा लगेगा। और वो थोड़ा खुश रहेंगीं।

और यदि मैं उनके साथ नही जाती हूँ तो वो भी नही जाएंगी।

और मैं उन्हें खुश देखना चाहतीं हूँ। विक्की को समझाते हुए प्रिया ने कहा।

हमारा रिजल्ट भी ड़ेढ महीने में आने वाला है। तो तब तक दो महीने में हम भी आ जायेंगे।

और प्रवेश परीक्षा के बारे में मुझे नहीं पता, वो मामा जी ने फॉर्म डाला होगा।

विक्की थोड़ा शांत हुआ और बोला प्रिया मुझे माफ कर दो।

मैं बस तुमसे दूर होने से डर रहा हूँ। क्योंकि इस ज़िन्दगी की साँसें मैं तुम्हे दे चुका हूँ।

और उस दिन स्कूल के आखिरी दिन भी मैं यही सोच कर रो रहा था कि अगर कहीं तुम मुझसे दूर चली गयी तो मेरा क्या होगा।

प्रिया हँसते हुए कहती है– पागल, मैं तुमसे एक साल बड़ी हूँ ना। तो क्या हुआ यदि हमने पढ़ाई साथ में की है, पर मैं तुमसे ज्यादा समझदार हूँ, समझे तुम।

मैं तुम्हें खुद से भी ज्यादा प्यार करतीं हूँ, और कॉलेज में भी सिर्फ तुम्हारे साथ पढूंगी। ठीक है, अब खुश हो। चलो अब रोना बंद करो, प्लीज।

तुम्हें पता है ना मैं तुम्हें रोता हुआ नही देख सकती हूँ। मुझे भी रोना आ जाता है।

अब मेरी बात सुनो अपनी जिम और गिटार की क्लास करना मत छोड़ना, समझे।

और हाँ स्कूल की लड़कियों से दूर रहना।

विक्की हँसने लगता है और कहता है– मतलब क्या है, तुम्हारा।

प्रिया कहती है मुझे सब पता है, स्कूल की कुछ लड़कियाँ भी गिटार की क्लास और जिम आने लगीं हैं और तुम्हारी दोस्त भी बन गयी हैं, है ना?

अगर किसी को भी लिफ्ट दी न तो सोच लेना। विक्की मुस्कुराने लगा।

कुछ सोचते हुए, प्रिया चलो मेरे साथ। प्रिया का हाथ खीचते हुए विक्की ने कहा।

कहाँ? अब तो रात होने वाली है– प्रिया पूछती है।

तुम बस चलो, मैंने कहा ना। विक्की ने जोर देते हुए कहा।

ठीक है, मैं कपड़े बदल कर आती हूँ। रुको तुम– प्रिया कहती है।

और वो अपने घर जाती है।

विक्की अपने कमरे में कुछ खोजने लगता है।

चलो अब! प्रिया तैयार हो कर आती है और विक्की से कहती है।

वो जैसे ही उसकी तरफ पलटता है। उसकी नज़रें प्रिया पर कुछ देर के लिए रुक जाती हैं।

गुलाबी रंग का सलवार सूट, पंजाबी जूतियाँ, खुले हुए बाल जो उसके चेहरे को एक तरफ से ढक रहे थे और माथे पर वही छोटी सी बिंदी जिसमें वो बहुत सुंदर लग रही थी।

विक्की उसे देखता रह गया।

कितनी सुंदर है मेरी प्रिया। उसने खुद से कहा।

प्रिया ने उसके चेहरे के सामने अपना हाथ हिलाते हुए कहा। कहाँ खो गए तुम। जल्दी चलो ना।

नहीं, कहीं नहीं। उसने अटकते हुए कहा।

विक्की अपनी बाइक निकालता है। और प्रिया को लेकर जाता है।

हम कहाँ जा रहे हैं विक्की। प्रिया फिर से पूछती है।

पता चल जाएगा, कुछ देर में। विक्की जवाब देता है।

ठीक है, प्रिया कहती है।

विक्की शांत रहता है।

अच्छा! तो हम गुरुद्वारे जा रहे हैं। प्रिया ने जलियांवाला बाग के रास्ते से निकलते हुए कहा।

विक्की उसे लेकर स्वर्ण मंदिर पहुचा।

पैर धुलकर दोनों मंदिर पहुच गए।

सबसे पहले जाकर दोनों ने माथा टेका।

तभी विक्की प्रिया को लेकर वहाँ लगी बेरी (दुखभंजन की बेरी) के पास ले जाता है।

मैंने सुना है, हमारे पूर्वज इस बेरी का बहुत महत्व बताते हैं। उनके अनुसार इसके नीचे बैठने से लोगों के सारे दुख दूर हो जाते हैं। इसी वजह से इसे यह नाम दिया गया।

प्रिया वहाँ सब देख रही होती है कि विक्की अपने घुटनों पर बैठता है, अपनी जेब से एक कटार निकलता और प्रिया को देते हुए कहता है, प्रिया मैं तुम से प्यार करता हूँ। क्या तुम ज़िन्दगी भर के लिए मेरी हमसफर बनोगी।

मैं तुमसे दूर होने से डर रहा था। इसीलिए तुम्हे यहाँ लाया हूँ कि भगवान के सामने तुम्हे अपना बनाऊं। तुम मेरी बनकर जाओगी तो मुझे डर नही रहेगा ज्यादा।

ये कहते–कहते उसकी आँखों मे आँसू आ गए।

प्रिया बस उसे देखती रह गयी जैसे विक्की ने उसके मन की बात कह दी हो, जो वो कब से कहना चाह रही थी।

वो कुछ भी नही कह पाती। बस उसके आँसू आ जाते हैं। वो खुद विक्की के सामने बैठ जाती है।

और आँखों में आँसू भरे हुए, अपना सर हिला कर कहती है, हाँ।

और उसे गले लगा लेती है।

दोनों लोग वहीं मंदिर में पवित्र तालाब के पास बैठ जाते हैं।

स्वर्ण मंदिर की रोशनी, गुरुवाणी की मिठास, खुला और तारों से भरा आसमान किसी के भी मन को सुकून देने के लिए मेरे ख्याल से काफी है।

इसीलिए प्रिया विक्की दोनों कुछ देर शांत बैठे रहे। और वहाँ आने जाने वाले लोगों को देखते रहे।

प्रिया ने विक्की से धीरे से पूछा, बाकी सब तो ठीक है लेकिन एक बात मेरी समझ में नही आई कि तुमने मुझे ये कटार क्यों दी?

क्योंकि मैं चाहता हूँ कि तुम रखो इसे अपने पास, विक्की ने जवाब दिया। क्योंकि वहाँ मैं नही रहूँगा न तुम्हारे साथ, इसलिए ये दिया।

इसे तुम कहीं भी लेकर जा सकती हो। तुम्हारी रक्षा भी करेगा ये, समझी।

और मैंने सुना है पुराने जमाने में राजपूतों में कटार ले लेने से भी शादी हो जाती थी।

समझ लो ये वही है। अब मेरे पास और कुछ तो है नही तुम्हे देने के लिए तो यही दे दिया।

विक्की ने मज़ाक में कहा।

दोनों हँसने लगे।

वैसे ये तुम्हे हमेशा याद दिलाएगा की तुम मेरी हो।

किसी चीज की जरूरत नही है मुझे तुम्हे याद रखने के लिए। मेरे दिल को ये हमेशा याद है, प्रिया ने कहा।

चलो अब चलते हैं, बहुत देर हो गयी है– विक्की ने कहा।

प्रिया ने उसका हाथ पकड़कर रोकते हुए कहा, थोड़ी देर और रुकते हैं ना।

फिर प्रिया विक्की का हाथ पकड़कर बैठी रही।

तुम बहुत सुंदर लग रही हो आज– विक्की ने प्रिया से कहा।

थैंक यू! प्रिया ने मुस्कुरा कर कहा।

मैं तुम्हारे लिए ही तो तैयार हो कर आई हूँ। कब से सोच रही थी कि तुम बोलोगे।

लेकिन इतनी देर बाद कहा तुमने। प्रिया खुद से ही बोले जा रही थी।

थोड़ी देर बाद प्रिया बोली, चलो चलते हैं।

दोनों लोग लंगर खा कर घर के लिए निकल जाते हैं।

अध्याय १०

अब चलो मुझे (हँस कर) जाने दो। मैं तुम्हारा रोता हुआ चेहरा देख कर नही जाना चाहती हूँ। प्रिया ने विक्की से कहा।

सुबह प्रिया अपने मामा जी के साथ दिल्ली के लिए निकल रही थी।

तुम भी अच्छे से रहना और अपना ख्याल रखना। मेरे लिए। और अपने मम्मी पापा का भी। ठीक है।

अच्छा अब मैं जा रहीं हूँ। मैं तुम से बहुत प्यार करती हूँ, विक्की।

मुझे तुम्हारी बहुत याद आएगी वहाँ। उसका हाथ पकड़ कर कहती है, मुझे छोड़ने नही चलोगे तुम गाड़ी तक। विक्की कहता है, माई डिअर, मैं भी तुमसे बहुत प्यार करता हूँ, तुम्हारी बहुत याद आएगी।

तुम्हारे आने का इंतज़ार करूँगा। और शायद तुम्हें पता नही की मैं अपनों को गाड़ी तक छोड़ने कभी नही जाता हूँ। क्योंकि अपनों को अपने से दूर होते देखने की हिम्मत नही होती मेरे अंदर।

इसलिए तुम अच्छे से जाओ। मामा के यहाँ।

मस्ती करना और अपना ख्याल रखना, मेरे लिए।

प्रिया विक्की के गले लग कर उसके कमरे से नीचे आ जाती है।

विक्की कहता है, खुद से। मैं नही रोक सकता खुद को उसके पास जाने से।

तो क्या हुआ अगर मुझे अच्छा नही लगता किसी को ट्रेन तक छोड़ने जाने में।

वैसे ये चीज सबसे ज्यादा उसी के लिए तो है क्योंकि मैं उसे खुद से दूर जाते नही देख सकता। विक्की ये सब सोचते–सोचते वहीं बैठ गया।

थोड़ी देर में उसे टैक्सी जाने की आवाज सुनाई देती है।

विक्की के पापा ये सब बातें सुन लेते है।

प्रिया के जाने के तुरंत बाद विक्की कमरे से नीचे आता है।

तो उसके मम्मी–पापा कुछ बात कर रहे होतें है, वो विक्की को देख कर चुप हो जाते हैं।

क्या खाओगे बेटा खाने मैं, उसकी मम्मी पूछती है।

कुछ भी मम्मी, जो भी पापा खाएंगे। ये कह कर वो बाइक उठा कर चला जाता है।

जब वो वापस आता है तो उसकी मम्मी पूछती हैं, कहाँ गया था तू, प्रिया को स्टेशन छोड़ने के लिए न।

विक्की जवाब देता है, हाँ।

उसका पूरा दिन ऐसे ही निकल जाता है।

वो कुछ भी नही कर पाता है, सारा दिन।

बस प्रिया के घर की तरफ देखता रहता है।

उसी दिन रात का खाना खा कर विक्की अपने कमरे की खिड़की पर बैठा होता है, आँसुओ से भरी आँखों से आसमान में तारों को देख रहा होता है जैसे वो प्रिया की शिकायत कर रहा हो उनसे।

तभी विक्की को लगता है जैसे उसके कमरे में कोई आया हो, वो मुड़कर देखता है तो उसके पापा खड़े होते हैं।

विक्की उठकर उनके पास जाता है, और पूछता है, आप यहाँ?

वो पूछते हैं कि क्या तुम प्रिया के अच्छे दोस्त हो?

क्या तुम ज़िन्दगी भर उसका साथ दे सकते हो?

विक्की डरने लगता है, थोड़ा।

उसके पापा उसका डरा हुआ चेहरा देख कर उसके ऊपर हाथ फेरते हुए कहते हैं कि बेटा मैं जानता हूँ तू प्रिया के जाने से परेशान है ना, मुझे तेरी मम्मी ने सब बता दिया है।

बेटा, वह एक समझदार लड़की है। अगर तू सच मे उससे प्यार करता है तो मेहनत कर, अच्छे से पढ़ाई कर आगे, उसके काबिल बन।

क्योंकि वो बहुत काबिल है। और कुछ बनना चाहती है। उसके कुछ सपने हैं।

और तेरा तो ऐसा कोई भी प्लान नही है।

अब तू भी प्रिया की तरह समझदार बन, और तैयारी कर जिस लाइन में तू जाना चाहता है।

विक्की पापा की बातें ध्यान से सुनता है और समझता भी है।

अपने आप से बातें करते हुए कहता है की मैं भी सोच चुका हूँ कि मुझे किस चीज की तैयारी करना है।

तभी उसके पापा उसे पूछते हैं, क्या सोचने लगा तू?

नहीं, वो... कुछ नहीं पापा।

बस कुछ माँगना चाहता हूँ आपसे।

बोलो बेटा, पापा कहते हैं।

डरी हुई आवाज में विक्की कहता है, मैं कॉलेज की पढ़ाई प्रिया के साथ करना चाहता हूँ।

पापा हँसते हुए कहते हैं, बेटा तू ही तो मेरा सब कुछ है, दिल्ली हो या मुंबई, प्रिया जहाँ भी रहेगी तू भी वहाँ से अपनी पढ़ाई करना उसके साथ, ठीक है।

रात बहुत हो गयी है चलो अब सो जाओ। ये कह कर और उसके माथे को चूम कर वो चले जाते हैं।

विक्की एक अच्छी नींद सो जाता है। और प्रिया ट्रेन में जाग रही होती है।

वो विक्की को बहुत याद कर रही थी। उसकी मम्मी और बहन दोनों लोग सो रहे होते हैं।

प्रिया की आँखें आँसुओं से भरी थीं। और उन आँसुओं की धुँधलाहट में उसे विक्की के साथ बिताया एक एक पल साफ साफ दिखयी दे रहा था

वो अमृतसर से आते समय विक्की के गले लग कर रोना चाहती थी, पर शायद विक्की ओर कमजोर न हो जाये, इसलिए उसने एक भी आँसू नही गिरने दिया विक्की के सामने।

प्रिया की पूरी रात केवल विक्की के खयालों में ही निकल गयी।

सुबह जब दिल्ली स्टेशन आने का अनाओंसमेन्ट सुनाई दिया तो मामा जी ने सभी को जगाया।

और सभी दिल्ली स्टेशन पर उतर गए। प्रिया अपनी मम्मी और बहन के साथ अपने नाना जी के घर पहुच गयी थी।

और विक्की की अभी सुबह ही नही हुई। वो सुबह के १० बजे उठा।

अध्याय ११

दिल्ली-

प्रिया दिल्ली में सभी से मिली।

उसे अकेले बैठे बैठे अच्छा नही लग रहा था, तभी उसके मामा का लड़का आया और उसे दिल्ली घुमाने के लिए ले गया।

धीरे-धीरे प्रिया का एक सप्ताह दिल्ली में निकल गया। वो विक्की को कॉल भी नही कर पाई।

इधर विक्की बहुत परेशान रहने लगा। उसने अपना जिम और गिटार क्लासेस भी छोड़ दी।

वह केवल अपने घर मे रहता । और हर शाम केवल गुरुद्वारे जाता था, जहाँ बस प्रिया को बहुत याद करता।

विक्की की हालत उसके मम्मी-पापा से देखी नही जा रही थी।

वहाँ प्रिया की प्रवेश परीक्षा का रिजल्ट भी आ जाता है, जिसमे प्रिया पास हो जाती है। और १२वीं का भी रिजल्ट आता है जिसमे विक्की अच्छे नम्बरों से पास होता है और प्रिया स्कूल टॉप करती है।

प्रिया के टॉप करने की खुशी में विक्की के पापा सभी को पार्टी देतें है। जिसमे प्रिया की मम्मी और बहन दोनों आतें है पर प्रिया नही आ पाती है।

लेकिन उस दिन विक्की बहुत खुश रहता है ये सोच कर की कहीं न कहीं वो खुशी प्रिया की थी और प्रिया की हर खुशी उसके लिए हर चीज से पहले थी।

प्रिया की मम्मी से वो उसके मामा जी के घर का टेलीफोन नंबर भी लेता है। लेकिन उसकी बात प्रिया से नही हो पाती है।

२–३ महीने बाद जब एक बार फिर वो उसके मामा के घर फ़ोन करता है तब विक्की को पता चलता है कि प्रिया का मुम्बई के किसी कॉलेज में भी सेलेक्शन हुआ है तो वो लॉ करने के लिए मुम्बई चली गयी है।

विक्की बहुत परेशान होता है। और अकेले में बहुत रोता भी है। उसे ये डर रहता है कहीं फिर से प्रिया उससे दूर न हो जाये।

उसे प्रिया के बारे में ज्यादा कुछ नही पता चल पाता।

और वह पापा की तबियत की वजह से अमृतसर में ही स्नातक के लिए कॉलेज की पढ़ाई शुरू करता है।

लेकिन उससे रहा नही जा रहा था, प्रिया के बिना। और मुम्बई में वो कैसी है, कहाँ है, यहाँ तक कि उसका टेलीफोन नंबर क्या है उसे कुछ नही पता था।

स्नातक करने के बाद वह मुम्बई जाने का मन पूरी तरह से बना लेता है।

फिर वो भी मम्मी-पापा से पुछकर मुम्बई जाने को तैयार हो जाता है।

अपने दोस्त के पास। जो उसके स्कूल का दोस्त था।

उसने पापा से कहा में वहीं रहूँगा। पापा मान जातें हैं।

विक्की मुम्बई के लिए निकल जाता है।

उसका दोस्त उसे स्टेशन पर लेने आता है। और अगले दिन वह उसे मुम्बई घुमाने ले जाता है।

उसका दोस्त कहता है तुम जब तक रहना चाहो मुम्बई में, तुम यहाँ रह सकते हो।

मुम्बई: ५ साल बाद

प्रिया मुम्बई के मशहूर वकील मि. सक्सेना के अंडर में वकालत करने लगी थी।

और विक्की उर्फ शिवकुंवर सिंह अपनी पढ़ाई पूरी करने के बाद मुम्बई पुलिस में ट्रेनिंग पर था।

और उसे मुम्बई में ही तैनाती मिल गयी थी।

जैसा वो चाहता था।

बस क्या था मुम्बई में हर कोई अपने सपने पूरे होने की चाहत लेकर आता है, कोई अमीर बनने, कोई हीरो बनने, और विक्की भी अपनी चीज वापस ले जाने के लिए मुम्बई आया था।

विक्की के काम को देखते हुए उसे क्राइम ब्रांच दे दिया गया।

विक्की अपना काम अपनी जिम्मेदारी समझ कर ईमानदारी से करने लगता है।

और कहीं न कहीं प्रिया को मिलने की आशा से वह रोज घर से निकलता है।

एक दिन उसे अखबार में प्रिया नाम की वकील के बारे में पढ़ने को मिलता है।

जिसे एक गैंगेस्टर का केस मिला था। वो थोड़ी बड़ी खबर थी, तो अखबार में उसी के बारे में निकला था।

प्रिया का वो पहला केस था। और सरकार की तरफ से उसी को इस केस की पैरवी करनी थी।

विक्की अपने डिपार्टमेंट के लोगों से पता करता है।

तो उसे पता चलता है कि जिस अपराधी की विक्की बात कर रहा है, वो बहुत जानामाना है।

कोई भी वकील उसके खिलाफ केस नही लड़ता है।

और इस लड़की ने उसके खिलाफ केस लड़ने के लिए हाँ कहा है।

इसीलिए ये चर्चा की बात है। एक पुलिस वाले ने विक्की को बताया।

पूरा नाम क्या है इनका, जो ये केस लड़ रहीं है? विक्की ने उस पुलिस वाले से प्रिया के बारे में पूछा।

प्रिया रॉय। पुलिस वाले ने बताया।

इन्होंने शायद यहीं से वकालत की पढ़ाई भी की है। लेकिन अभी कुछ दिनों से ही ये चर्चा में आई है। इसी केस को लेकर।

और ये मि. सक्सेना के अंडर में प्रैक्टिस कर रहीं है। उसे प्रिया के बारे में जो भी पता था, उसने सब बता दिया।

ये मेरी प्रिया है। विक्की ने खुश हो कर खुद से कहा।

क्या कहा आपने? उस पुलिसवाले ने विक्की से पूछा।

कुछ नहीं। विक्की ने जवाब दिया।

अब वो प्रिया के बारे में पता करने लगा। क्योंकि उसे यकीन हो गया था कि वो अब प्रिया को खोज लेगा। पुलिस डिपार्टमेंट में होने की वजह से ये काम उसके लिए आसान हो गया था।

उसे याद आया कि मि. सक्सेना नाम है उस वकील के जिसके अंडर में प्रिया प्रैक्टिस कर रही है।

उनका पता लगाना तो आसान था। क्योंकि उन्हें हर कोई जानता था।

इसलिए विक्की उनके दफ्तर पहुच गया।

क्या मेरी मि. सक्सेना से मुलाकात हो जाएगी। उसने बाहर बैठे चपरासी से पूछा।

हो जाएगी। लेकिन वो अभी यहाँ है नही। किसी केस के सिलसिले में बाहर गए हैं। चपरासी ने बताया।

कब तक आएंगे? विक्की ने उतावलेपन से पूछा।

तीन दिन बाद। चपरासी ने बताया।

तीन दिन तो बहुत हो जाएंगे। विक्की ने खुद से कहा।

अच्छा एक बात बताओ कि क्या कोई प्रिया रॉय नाम की वकील मि. सक्सेना के अंडर में वकालत कर रही हैं? विक्की ने चपरासी से पूछा।

प्रिया रॉय! सोचते हुए चपरासी ने बोला।

चेहरा तो ऐसे बनाया था कि जैसे अपने दिमाग के पुराने रिकार्ड्स में से खोज रहा हो, प्रिया रॉय के नाम को।

यहाँ उसके चेहरे को देख कर विक्की के दिल की धड़कनें बढ़ीं हुईं थीं।

क्योंकि वही था, जिससे उसे प्रिया के बारे में पता चल सकता था।

और वो तीन दिन तक इंतज़ार नही कर सकता था, प्रिया से मिलने के लिए।

हाँ! मिस रॉय! जानता हूँ मैं उन्हें। चपरासी ने अचानक कहा।

कहाँ है वो। प्लीज जल्दी बताओ।

विक्की ने खुश हो कर ऐसे पूछा जैसे उसमे अचानक जान आ गयी हो।

मिस रॉय यहाँ आती थीं। चपरासी ने विक्की को बताया।

विक्की ने परेशान होते हुए पूछा। आती थीं मतलब?

वो, एक दिन मि. सक्सेना और मिस रॉय की बहस हो गयी थी। मिस रॉय को जो केस मिला था, मि. सक्सेना उसे लड़ने को मना कर रहे थे, उनसे। क्योंकि मि. सक्सेना ही वो वकील हैं जो उस गैंगेस्टर का केस लड़ रहे हैं, जिसके के खिलाफ मिस रॉय थीं।

और मिस रॉय ने उनकी बात नहीं मानी।

उस दिन के बाद से मिस रॉय यहाँ नही आयीं।

क्या तुम्हे पता है वो कहाँ रहती हैं? विक्की ने पूछा।

उसने विक्की को पता बताया।

पाली हिल! विक्की ने खुद से कहा।

थैंक यू! विक्की ने चपरासी से कहा ।

और विक्की वहाँ से चला गया।

अध्याय १२

अगले ही दिन विक्की उस पते पर पहुचता है, जो उसे चपरासी ने दिया था।

वहाँ जा कर देखता है कि वो वकील कोई और नही उसी की प्रिया थी।

दरवाजे पर नाम प्लेट लगी थी, प्रिया रॉय।

विक्की उसके ऊपर हाथ फेरने लगा।

उसे एक सुकून मिला।

आखिर आज उसका इंतजार खत्म होने वाला था।

जिसको खोजने के लिए वो मुम्बई आया था। वो उसे आज मिलने वाली थी।

ये खुशी वो सम्हाल नही पा रहा था।

और खुद से ही कहने लगा अब तुम्हें मैं कहीं नही जाने दूंगा। बस तुम एक बार मिल जाओ प्रिया।

वो दरवाजा खटखटाता है। उसकी दिल की धड़कनों की रफ्तार दोगुनी हो गई थी। उस समय।

दरवाजा खुला और सामने से वही सीधी-सादी सी सूरत वाली, मगर पहले से और सुन्दर, थोड़ी समझदार और आँखों मे एक अजीब सा सूनापन और बैचेनी भरे हुए, एक लड़की ने दरवाजा खोला।

कौन है, कहते हुए जैसे ही उसने सामने देखा, वह रुक गयी कुछ देर के लिए।

और उसे देख कर विक्की की दुगनी रफ्तार से चलने वाली धड़कन जैसे कुछ पल के लिए रुक गयी हो।

प्रिया की आँखों में आँसू भर आये।

विक्की! इसके आगे वो कुछ नही बोल सकी।

और सीधा उसके गले लग गयी।

वो बहुत खुश होता है। उसे देख कर। प्रिया भी बहुत खुश होती है।

अंदर नहीं बुलाओगी, मिस लॉयर। विक्की ने गले लगे हुए उससे कहा।

प्रिया उसका हाथ पकड़ती है और उसे अंदर लेकर जाती है।

विक्की उसके परिवार और लाइफ के बारे में पूछता है।

प्रिया बताती है कि छुटकी मेरे साथ ही है अपनी पढ़ाई कर रही है। और मम्मी दिल्ली में मामा जी के पास ही है।

उससे प्रिया पूछती है कि तुम यहाँ। कैसे?

विक्की कहता है बस तुम्हारे पीछे और हँसने लगता है।

फिर कहता है तुमसे वादा किया था कि पुलिस जॉइन करूँगा, और तुम्हारा साथ दूँगा।

बस वही वादा पूरा करने की कोशिश कर रहा हूँ।

मतलब तुम पुलिस में हो। प्रिया ने चौंक कर पूछा।

हाँ! विक्की ने जवाब दिया।

ये सुनकर प्रिया बहुत खुश हुई।

विक्की और प्रिया ढेर सारी बातें की। और विक्की ने अपनी सारी शिकायतें दूर की।

अब प्रिया को अच्छा लगने लगा था। दोनों ने एक दूसरे के टेलीफोन नंबर भी लिए।

प्रिया से मिल कर विक्की चला जाता है।

एक दिन प्रिया विक्की को अपने घर रात के खाने पर बुलाती है।

विक्की प्रिया के घर आता है। वो सर झुकाये परेशान बैठी होती है।

कारण पूछने पर वो उसे बताती है कि एक केस की वजह से वो थोड़ा परेशान है।

वो उसे सब बताती है।

विक्की कहता है मैं जानता हूँ कि तुम किस केस को लेकर परेशान हो।

विक्की उसे गले लगाकर कहता है कि तुम बस खुश रहो, मैं हूँ न तुम्हारे साथ।

मैं डिपार्टमेंट में बात करूंगा। जो भी जानकारी उस केस के बारे में मिलेगी, मैं बताऊंगा तुम्हें।

ठीक है। कहकर प्रिया ठीक हो जाती है।

उसे पता था यदि विक्की है उसके साथ तो वो सब ठीक कर देगा।

प्रिया खुद में अच्छा महसूस करती है। और खुश हो जाती है।

सब साथ में खाना खाते हैं।

कुछ दिन बाद विक्की एक केस की स्टडी कर रहा होता है।

उसको रोशन कपूर नाम के शख्स की फ़ाइल दी जाती है। इत्तेफ़ाक़ से ये वही केस होता है, जिसके बारे में प्रिया ने विक्की को बताया था।

विक्की उस पर छानबीन करने लगता है।

उसके बारे में पूरी जानकारी करने पर उसे सब पता चल जाता है।

"मुझे तुम से बात करना है तुम्हारे केस के बारे में है।" विक्की ने प्रिया को टेलीफोन कर कहा।

ठीक है शाम को मैं तुम से मिलती हूँ।

विक्की शाम को प्रिया के घर पहुचता है।

विक्की ने उसे बताया, इसका नाम रोशन कपूर है।

कुछ लोग इसे अली भी बुलाते हैं। ये कौन है, इसके परिवार में कौन है, क्या है, कहाँ से है? कुछ नही पता।

बस रोशन १९ साल की उम्र से गलत काम कर रहा है। और एक बच्चे की उम्र में शुरुआत कर आज २४ साल की उम्र में एक गैंगेस्टर बन गया है। और ये भी शायद किसी के लिए ही काम करता है।

इस पर हत्या, ड्रग्स तस्करी जैसे और भी केस चल रहे हैं।

प्रिया को उसकी तस्वीर दिखाते हुए विक्की ने कहा कि इसके साथ एक ईसाई लड़की है जो इसका साथ देती है। मोना नाम है। उसकी उम्र २७ साल है और दोनों रिलेशन में हैं।

और इनके साथ ८०-१०० लोग और भी काम करते थे।

पुलिस के रेकॉर्ड के हिसाब से जिनमे से २२ लोगों का एनकाउंटर कर दिया गया है।

विक्की ने उसे आगे बताया कि अभी रोशन शहर में नही है।

उसी को पकड़ने के लिए मुझे आर्डर दिए गए हैं।

———

"कौन है वो लॉयर जो मेरे खिलाफ केस लड़ने के लिए मान गया है।" सफेद रंग का कोट पेंट पहने हुए, एक हैंडसम से 24 साल के लड़के ने अपने कमरे से बाहर निकलते हुए घमंड भरे स्वर में मिस्टर सक्सेना से पूछा। उसे देखकर कोई नही कह सकता था कि वो एक अपराधी है। कोई भी एक झलक देख कर ही उसके तरफ आकर्षित हो सकता था , ऐसी शक्ल थी रोशन कपूर की। सूरत से जितना मासूम दिमाग से उतना ही चालक। शायद इसीलिए आज उसके पास किसी भी चीज की कमी नही थी।

मिस्टर सक्सेना उसके केस के सिलसिले में रोशन से मिलने गए हुए थे।

प्रिया रॉय! मिस्टर सक्सेना ने बताया।

प्रिया! मतलब एक लड़की ने मेरा केस लड़ने के लिए हाँ कहा है! रोशन ने आश्चर्य भरी आवाज में पूछा।

अरे एक लड़की है ना। तो उसे रोकने में क्या समस्या है। वो तो बहुत ही आसान है।

वो मेरे ही अंडर में प्रैक्टिस कर रही थी । मैंने उसे रोका भी था। लेकिन उसने फिर भी हाँ कर दिया। मिस्टर सक्सेना ने उसे बताया।

आगे बोले, वैसे कोई परेशानी वाली बात नही है वो अभी नई है और ये उसका पहला केस है। अगर आप अदालत तक पहुचते भी हैं, तो मैं आपको बचा ही लूँगा।

वहाँ प्रिया, विक्की की सारी बातें शांति से सुनती रहती है, और फिर रोने लगती है।

क्यों परेशान हो बल्कि तुम्हें तो खुश होना चाहिए, पता किया उसके बारे में, सारी जानकारी भी दे दी, फिर क्यों? विक्की ने प्रिया के कंधे पर हाथ रखते हुए कहा। और मैं तो मदद भी करूँगा तुम्हारी।

फिर क्या हुआ प्रिया बताओ। विक्की उससे पूछता रहा।

वो रोती है और हँसती है फिर कहती है कि भगवान मेरे साथ ही ऐसा क्यों करता है।

विक्की के हज़ार बार पूछने पर भी वो कुछ नही बताती, बस विक्की को गुड लक बोलती है, और अच्छे से काम करने को कहती है।

दो दिन बाद दोनों फिर मिलते हैं। प्रिया उसको डेट पर चलने के लिए बोलती है, विक्की सुनकर चौंक जाता है। लेकिन उसके साथ जाने को हाँ कहता है। फिर दोनों साथ डेट पर जाते है। विक्की प्रिया को कहता है कि प्रिया क्या तुम मुझसे शादी करोगी?

प्रिया खुश हो जाती है। और कहती है की बस अपना केस खत्म करके छुट्टी लेकर घर चलूंगी और धूम-धाम से शादी करेंगे।

और हाँ मिस्टर विक्की आप मेरे पति हैं शायद आपको याद नहीं हम दोनों ने गुरुद्वारे में शादी की है, अमृतसर में।

हमने एक दूसरे को भगवान के सामने स्वीकार किया है पति-पत्नी के रूप में।

विक्की के चेहरे पर हँसी आ जाती है। और वो कहता है- वो शादी नहीं थी प्रिया।

फिर दोनो अपने स्कूल के समय की बातों को याद करतें हैं और प्यार से खाना खातें हैं।

दोनों खाना खा कर बाहर आते हैं तो प्रिया कहती है– क्या हम एक ड्राइव पर जा सकतें हैं, अभी।

विक्की कहता है– क्यों नहीं।

दोनों बाइक पर चले जाते हैं।

प्रिया को बहुत अच्छा महसूस हो रहा था।

तब विक्की प्रिया से पूछता है कि उस दिन तुम क्यों रोने लगी थी। जब मैंने तुम्हें रोशन के बारे में बताया था।

कुछ देर शांत रहने के बाद वो कहती है कि जो केस रोशन पर चल रहे थे। उनकी पैरवी सरकार की तरफ से मैं कर रही हूँ। ये बात जब रोशन को पता चली तो उसने मुझे धमकी दी थी जान से मारने की। और बोला था कि मैं उसका केस न लूं। और कुछ पैसे लेकर फ़ाइल बंद करवा दूँ या कोई कार्यवाही न करूं।

लेकिन मैंने मना कर दिया। तो वो बोला कि मिस. रॉय अब मेरी नज़रें आप पर रहेंगी।

और वही केस इत्तेफ़ाक़ से तुम्हे भी मिल गया। वो बहुत खतरनाक है। कुछ भी कर सकता है। और अब तो हम दोनों ही उसके रास्ते मे खड़े हो गए हैं। कहीं उसने वाकई कुछ... इतना कहते-कहते वो रुक जाती है।

फिर कहती है कि बस इसी डर से उस दिन मुझे रोना आ गया था। क्योंकि मैं तुम्हारे साथ अच्छे से जीना चाहती हूँ।

विक्की कहता है– पागल इतनी सी बात से डर गई। मेरी प्रिया तो बहुत बहादुर है ना, फिर क्यों। कुछ नही होगा। तुम बगैर किसी डर के

अपना काम करो। और अब तो हम दोनों ही साथ हैं तो सब कुछ ठीक होगा। और तुम केस जीतोगी। तुम खुश रहो प्रिया।

चलो अब काफी शाम हो गयी है। मैं तुम्हे छोड़ देता हूँ।

विक्की प्रिया को उसके कमरे पर छोड़ता है।

अध्याय १३

कुछ समय के बाद जब विक्की, अली के कारोबार में रूकावट बनने लगा तो अली ने खुद भेष बदलकर विक्की का पीछा किया।

उसे तब प्रिया के बारे में पता चला, तब उसकी समझ में आया कि विक्की को रास्ते से हटाने में उसे ज्यादा कुछ नही करना पड़ेगा।

बस वो निडर हो कर अपने काले धन्धों में लग गया। कई महीनों तक कोई भी प्रतिक्रिया नही हुई।

दो महिने बाद विक्की ने मुम्बई बन्दरगाह से अली को वारन्ट के साथ गिरफ्तार किया, और आस-पास दो करोड़ के हथियार पकडे गये। जो भारत से दूसरे देशों के लिए भेजे जा रहे थे।

अली का साथ देने वाली लड़की जो अली के साथ रहा करती थी सो उस पर भी कार्यवाही तो होनी ही थी। और उसकी खोज पुलिस कर रही थी। और अब अली जेल में बन्द था और उसके धन्धों पर लॉक लग चुका था। क्योंकि वो २ महीने से बन्द था।

इससे ज्यादातर अली को नुकसान हुआ। लेकिन तब भी उसने बाहर जाने के लिए पैर नही फैलाये। और वो जेल में बन्द रहा।

बस एक दिन अली के वकील ने अली को निर्दोष करार के लिए अपील की, कोर्ट ने केस शुरू किया।

अली का वकील उस समय का काफी मशहूर वकील था, जो सिर्फ अपनी जीत के लिए विख्यात था।

केस में मुजरिम गुनहगार हो या नही उसका काम सिर्फ केस जितना था, और अली के केस के विपक्ष में प्रिया रॉय थी जो मिस्टर सक्सेना यानि अली के वकील के अन्डर में वकालत सीखी थी।

प्रिया और दूसरी तरफ उसके गुरू ये दोनों ही थे जो जीतना चाहते थें।

फर्क सिर्फ इतना था कि एक सत्य का और एक असत्य का साथ दे रहा था।

प्रिया ने ऐसी कई बातों से अली को गुनहगार तो नही लेकिन गेंगेस्टर से ताल्लुकात रखने वाला जरूर साबित कर दिया था।

जिससे अली कुछ दिनों के लिए फिर से सलाखों के पीछे चला गया।

मिस्टर सक्सेना ने अपने कहे अनुसार अली को एक बिजनेस मैन के व्यक्तित्व के रूप में अदलात के सामने रखने की कोशिश की।

अदालत ने मि. सक्सेना को समय दिया यह साबित करने के लिए कि रोशन एक बिज़नेस मैन है।

मिस्टर सक्सेना को बहुत गुस्सा आया।

और उसने एक प्लान के तहत रोशन को सिर्फ अच्छा बनने के लिए कहा, और जेल में अच्छा बर्ताव रखने को बोला।

जब तक रोशन जेल में बंद था तब तक मिस्टर सक्सेना ने बाहर मि. रोशन कपूर को एक्सपोर्ट-इम्पोंट में प्राईवेट इन्फॉर्मर के रूप में साबित करने के लिए झूठे दस्तावेज़ तैयार किये।

तारीख पास में ही आने वाली थी। हर कोई बिजी था। और विक्की की पोस्टिंग क्राइम विभाग से बदलवा दी गयी।

जेल के अन्दर से बैठे-बैठे रूपये देकर ये काम रोशन ने करवाया था।

जिससे विक्की इस केस से दूर रहे और वो प्रिया की कोई मदद न कर सके।

वहाँ इस केस को सुलझाने की वजह से प्रिया इतनी व्यस्त थी कि विक्की से मिल नही पायी।

विक्की पुलिस स्टेशन में ज्यादातर समय व्यतीत करता था। लेटनाईट अपने क्वार्टर पर पहुचता था। और उसे उस समय अपनी मदद और घर के काम के लिए किसी की जरूरत होती थी।

क्योंकि पूरे दिन की ड्यूटी के बाद वह कोई और काम करने की स्थिति में नहीं होता था।

एक दिन उसे अपने दरवाजे की रिंग की आवाज सुनाई दी।

विक्की नींद में था। वो आया गेट खोला और उसने देखा कि एक सुन्दर सी लडकी जो सलवार सूट में थी, एक बैग के साथ–हाथ में कुछ पेपर लिए खड़ी थी।

विक्की को देखते ही वह सिर्फ एक नौकरी के लिए हाथ जोडकर विनती करने लगी।

जिसकी आँखों में आँसुओं के अलावा कुछ नही था। उम्र लगभग २७ या २८ थी।

विक्की ने उसे अपने घर के अन्दर बुलाया और उसे १० मिनट बैठने के लिए बोला। विक्की १० मिनट के बाद आया और पूछा उससे उसके बारे में।

लड़की ने कहा कि मैं एक हॉम वर्कर हूँ। ऐसे ही काम करती हूँ जिससे अपनी जरूरत की चीजें पूरी करती हूँ तथा अपने बहिन की स्टडी का खर्च उठाती हूँ।

इस समय मैं बहुत परेशान हूँ।

पैसों की बहुत जरूरत है।

विक्की ने उससे कहा मेरे पास ऐसा कोई काम नही है। और मैं एक पुलिस ऑफिसर हूँ। ज्यादातर अपने डिपार्टमेंट में रहता हूँ।

उस लडकी ने कहा सर मैं एक पढी लिखी लडकी हूँ, ये काम ही मेरी जिन्दगी है। मैं १२ वीं पास हूँ।

अगर मैं आपके किसी और काम आ सकती हूँ, तो आप मुझे वो भी बता सकते हो। क्योंकि मेरी बहन का स्कूल पास में है और मेरा घर भी आपके घर से पास में ही है।

मेरा काम हर घर मे २ घन्टे का होता है। लेकिन जिन घरों में काम मिला है वो बहुत दूर पड़तें है।

जिनमें मुझे बर्तन धुलना तथा बेबी केयर का काम दिया जाता है। और घर-घर से १०० रूपये मिलता है।

विक्की ने कुछ समय सोचा और कहा कि यदि ऐसी बात है तो क्या तुम दोनों मिटिंग (सुबह–शाम) में काम कर सकती हो मेरे यहाँ एक मेड के रूप में।

और इसके लिए ठीक–ठाक रूपए मिल जाएँगे तुम्हे, जिससे तुम्हारी समस्या दूर हो जाएगी।

उस लड़की के चेहरे पर खुशी आ जाती है। और वो झट से हाँ कर देती है।

धन्यवाद बोलकर वो लड़की जाने लगती है।

विक्की उसे अचानक से रोकता है।

और कहता है कि सॉरी नाम पूछना भूल ही गया मैं।

वो लड़की खुद को मोना बताती है। विक्की एक बार मोना-मोना कहता है अपने आप से जैसे उसे कुछ याद आ रहा हो । और रूक जाता है।

तभी वह लडकी अपना वोटर आई डी दिखाते हुए कहती है, लीजिए सर मेरी आई डी।

जिसको विक्की हाथ में लेता है, जिसमें मोनाली कौर डला रहता है।

वो कहता है, इटस ओके! मोनाली, तुम कल से काम करो दोनो एक-दूसरे को बॉय-बॉय कहते हैं।

अध्याय १४

यहाँ प्रिया, और मि. सक्सेना को मिला हुआ वक्त धीरे-धीरे बीतता जा रहा था।

प्रिया ने अली के बारे में जानने की बहुत कोशिश की तो उसी शक्स की आई डी से रोशन कपूर के नाम से एक बिजनैस मैन के रूप में पता चला।

प्रिया को उसके सहायक ने एक लड़की का फोटो देते हुए कहा कि इसको अगर ढूँढ सकते हो तो ढूँढ लो शायद कुछ और पता चले।

प्रिया ने उस फोटो वाली लड़की के बारे में पता लगाना शुरू किया।

प्रिया ने जानबूझ कर कोई जिक्र विक्की से नही किया ये सोचकर कि वो बहुत बिजी है। और परेशान होगा।

और ऐसे में प्रिया किसी भी दूसरे बन्दे पर विश्वास नही कर सकती थी। क्योंकि वह एक नयी सरकारी वकील थी। और जिसके सामने खड़ी थी वो एक बहुत बडा वकील था।

जिसके लिए कोई भी बिकने के लिए तैयार रहता था। इसलिए वह बेचारी अकेली ही इस रास्ते पर चली जा रही थी।

एक दिन वह अपनी सिस्टर की स्टडी से सम्बन्धित उसके कॉलेज जा रही थी। तो वह ट्रेफिक में फसी हुई थी। उसने अचानक से उस

फोटो वाली लड़की को देखा। तो वह उस ट्रेफिक से बाहर भागी। और उस जगह गयी, लेकिन वहाँ से वो लड़की जा चुकी थी।

और यहाँ कई दिनों से विक्की की मेड की नजदीकियां कुछ ज्यादा बढती जा रही थी। विक्की ने मोना को अपने गार्डन के रूम में रहने को बोला था।

और उसकी सिस्टर को हॉस्टल में रहने में मदद की।

जिससे मोना मोर्निंग टी, ब्रेक फास्ट और डिनर विक्की के लिए रेडी करती थी। और खाली समय में मोनाली विक्की के साथ में समय बिताती थी।

और विक्की पूरे दिन पुलिस स्टेशन में रहता और अपने ड्यूटी के अनुसार ही रूम में आता था।

कभी रात को रूकना कभी बाहर रहना कभी दोरे के लिए एक चौकी से दूसरी चौकी जाना पड़ता था।

एक रात विक्की देरी से घर आया करीब रात के १० बज रहे थे।

पुलिस स्टेशन में किसी नये दरोगा के स्वागत में एक छोटी सी पार्टी रखी गयी थी। जिससे विक्की को घर आने में देर हो गयी थी।

विक्की के सर में दर्द था। और उसे चक्कर आने लगे। उसने सोचा शायद उसके किसी दोस्त ने उसको शराब पिलाकर शरारत की थी।

इसलिए वह अपने ड्राईवर के साथ घर के लिए निकल आया।

और इधर आज प्रिया अदालत में कुछ ज्यादा सबूत नही दे पायीं।

और उसने अदालत के सामने एक लडकी की फोटो देते हुए कहा कि ये लड़की मि. रोशन की सेकेट्री है।

ये दोनों लिव इन रिलेशन में रहते हैं। और मोना और अली के नाम से कुछ लोग जानते हैं इन्हें।

लेकिन वह अदालत में यह साबित नही कर सकी।

उसने अदालत से एक सप्ताह की मोहलत माँगी। और गुज़ारिश की कि वो रोशन को सही या गलत उसके गुनाहों का चिट्ठा खोल कर साबित करेगी।

उसी शाम प्रिया का मन विक्की से मिलने को किया।

उसने विक्की को लेंड–लाइन पर फोन भी किया। लेकिन फ़ोन पर केवल रिंग गयी। किसी ने भी फ़ोन नही उठाया।

"मैं उसके कमरे पर ही चली जाती हूँ। वहाँ तो वो मिल ही जायेगा।" प्रिया ने खुद से कहा।

लेकिन जब वह घर से बाहर निकली तो काफी अन्धेरा हो चुका था।

वह घड़ी देखती है तो घडी में समय ९:३० हो रहा होता है।

वह उल्टे पैर वापिस घर में वापस आ गयी।

तभी उसके फोन पर एक फोन आया। जिसने प्रिया के पूछने पर खुद को उसका शुभ चिन्तक बताया खुद को।

और बोला कि वह मोना को ढूढने में प्रिया की मदद करना चाहता है।

प्रिया हडबडा जाती है।

“जी आप कौन” बोलिए आप क्या मदद करना चाहते हैं। प्रिया ने उस आवाज़ को पहचानने की कोशिश करते हुए पूछा।

लेकिन पहचान नहीं पाई।

तभी दूसरी तरफ से आवाज आई कि मैं एक पता दे रहा हूँ। उस पते पर जाना जिसे आप ढूंड रही हैं वो अभी उसी पते पर मिल जायेगी।

प्रिया पता लिखती है। और बिना कुछ कहे फोन काट देती है।

वह जब उस पते को ध्यान से पढती हैं। तो वह पता विक्की के घर का होता है।

प्रिया थोड़ी चौंक सी जाती है और उसे कुछ अजीब सा लगता है।

“ये पता तो विक्की का है। पर ये मुझे क्यों दिया उसने।” कौन था वो? प्रिया खुद से ही परेशान होते हुए कहती है।

लेकिन वो सोचती है की एक बार विक्की से ही बात कर लेती हूँ। शायद कुछ पता चले। प्रिया ने सोचा।

और वह तुरन्त विक्की के घर फोन करती है।

विक्की की मेड आकर फोन पिक अप करती है।

हैलो, मेड ने फ़ोन उठाते हुए कहा।

प्रिया, विक्की के घर एक लड़की की आवाज़ सुनकर दंग रह जाती है।

कुछ देर के लिए प्रिया कुछ सोच नही पाती। वह शांत खड़ी रह जाती है, फ़ोन पकड़े हुए।

तभी, हैलो! आप कौन? किससे बात करनी है? मेड दोबारा पूछती है।

क्या यह नम्बर विक्की का है? प्रिया ने पूछा।

विक्की अभी घर से बाहर है। मैं मोनाली हूँ। उसकी फ्रैंड, आप अपना मैसेज छोड सकती हैं। मैं विक्की को बता दूँगी। उसने प्रिया को बताया।

आप कौन? मोनाली ने पूछा।

मौनाली के ५० बार पूछने पर भी प्रिया ने कुछ नही बताया।

प्रिया गुस्से से मोनाली को गाली देकर फोन रख देती है।

मोनाली विक्की का इंतज़ार करने लगी।

पर प्रिया, विक्की के पुलिस स्टेशन फोन करती है।

तो एक पुलिस वाला फोन उठाता है। तो वह विक्की के बारे में कहता है कि नये सर के आने पर एक पार्टी थी तो उसमें सर ने ज्यादा पीली थी। इसलिए वह २ मिनट पहले घर के लिए निकल गये।

प्रिया तुरन्त अपने साथ अपने सेफ्टी के लिए गर्वनमेंट पुलिस ऑफीसर जो उसकी देख-रेख के लिए अदालत से मिले थे, उनको लेती है। और गाडी से उस पते पर जाने के लिए बोलती है।

वो लोग प्रिया के साथ निकल जाते हैं। तकरीबन १ घन्टे का रास्ता होता है। और तब ९:४५ बज रहे थे।

और इधर विक्की अपने घर आ जाता है। वह जब गेट पर आता है, तो काफी खुश नजर आता है। और रिंग करता है। उसकी मेड आती है।

वह मेड के कन्धे पर सर रख कर उल्टे-पुल्टे गाने गुनगुनाने लगता है। और अपने डिपार्टमेंट के आफीसर को गाली देता है। सालो

हरामियों ने मुझे शराब पिला दी और जिन्दगी में पहली बार पीने पर चढ़ भी गयी।

मोनाली विक्की को अन्दर लेकर आती है। वह गेट लगाना भूल जाती है।

वह विक्की को बैड पर लिटा देती है। उसके जूते तथा कपडे उतारने में उसकी हैल्प करती है।

वह विक्की को उस फोन के बारे में बताती है। लेकिन उस समय वो कुछ भी सुनने को तैयार नही था।

बस खुद ही बोले जा रहा था।

विक्की मोनाली से कहता है कि वह अपने परिवार को बहुत याद कर रहा है। तो मोनाली को कुछ देर वो अपने पास रोकता है। और मोनाली उसके पास बैठ जाती है। और ये लोग आपस में बाते करने लगते हैं।

विक्की कहता है, रात बहुत हो गयी है। अब तुम जाओ और सो जाओ और वह मोनाली को गेट पर छोडने आता है।

और अचानक से वह कहता है कि मोनाली कल सन्डे है, है ना।

मोनाली कहती है, हाँ।

तो वह कहता है कि कल तुझे तेरी सिस्टर से मिलवाने ले चलूगा। और कल सेलरी भी दूँगा।

मोनाली भाग कर आती है। और विक्की के गले लग जाती है। और रोते–रोते उसका धन्यवाद अदा करती है।

विक्की को कुछ अजीब लगता है।

वह भी उसे गले लगा लेता है।

और वह उसके आँसू पोंछता है।

कि मोनाली उसको किस करने लगती है। विक्की खुद को रोक नही पाता है। और ये लोग एक-दूसरे को किस करते हुए एक-दूसरे के गले लगे हुए रहते हैं।

एका–एक विक्की की नज़र गेट पर पडती है।

तो वहाँ प्रिया खड़ी होती है और उसकी आँखो में आँसू होते हैं।

और वह सब कुछ भूल जाती है। वह खुद में टूट जाती है।

विक्की मोनाली को हटाता है। मोनाली विक्की को नही छोडती है, जब विक्की जोर से मोनाली को हटाता है। तो वह काफी दूर गिरती है।

और वह भाग कर प्रिया के पास आता है।

प्रिया विक्की को ज़ोर का थप्पड मारती है।

विक्की अपनी सफाई में काफी कुछ कहता है, लेकिन वह प्रिया को कुछ भी यकीन नही दिला पाता है।

और प्रिया विक्की को ऐसे ही छोड़कर वहाँ से उस लड़की से मिले बगैर ही चली जाती है।

अध्याय १५

प्रिया कई दिनों तक कोई काम नही करती है और न ही कोई कॉल उठाती है। और उस तारीख का इंतज़ार करती है।

बस वह सोचती है कि वह मुम्बई ही नही बल्कि पूरी दुनिया में अब अकेली है।

उसके दिमाग में बहुत से सवाल उठते है। और वह अपने बचपन के उमडते लम्हों को न चाहते हुए भी बन्द आँखो मे देखने से रोक नही पा रही थी।

और वहाँ विक्की भी ठीक तरह से कुछ भी नही कर पा रहा था।

विक्की ने बहुत कोशिश की कि वो प्रिया से मिले उसे सब कुछ बताये।

लेकिन वह मिल नही पाया।

और प्रिया की तारीख आ गयी। वह बिना सबूत के अदालत चली गयी।

अपनी हाजरी दी और जब उसने अदालत में देखा कि विक्की भी आया है तो प्रिया विक्की को नजर अंदाज कर देती है।

जज के आने पर कार्यवाही चलने लगी। मिस्टर सक्सेना ने अली के कारोबार की कुछ फ़ोटो और पेपर जज को दिखाए।

जज संतुष्ट हो जाते हैं।

जज साहब प्रिया से, उसको दी गयी मोहलत का विवरण मांगते हैं।

कुछ समय तक शांत रहने के बाद प्रिया ने जज से क्षमा मांगी और केस को बन्द करने तथा रोशन को बरी करने की गुज़ारिश की।

कटघरे में सर झुकाये खड़ा रोशन अचानक से प्रिया की तरफ देखता है। उसे यकीन नही होता अपनी आँखों पर।

"यार! क्या बोल रही है ये वकील? ये तो मेरे खिलाफ लड़ रही थी। और अब मुझे रिहा करवाने के लिए बोल रही है।" रोशन ने अपने मन में आश्चर्य से कहा।

पहली बार कोई लड़की मेरे लिए बोली है। रोशन ने खुश होते हुए खुद से कहा।

रोशन की अब तक की लाइफ में मोना के अलावा कोई ऐसे लड़की नही थी जिसने कभी उसके लिए बोला हो।

और आज प्रिया को अपने लिए बोलता देख उसे बहुत अच्छा लगा।

वह प्रिया को लगातार देखता रहा।

जज ने रोशन का जेल का रिकॉर्ड देखा जिसमे रोशन एक अच्छे इंसान के छवि के रूप में नजर आया और जो पेपर मिस्टर सक्सेना ने दिए थे, उनके आधार पर जज साहब को मिस्टर सक्सेना की बातों पर भरोसा हो गया।

कि रोशन के बारे में जो प्रिया ने कहा वो गलत है।

जज सुनवाई करने वाले ही थे, तभी विक्की बोला, जज साहब मैं कुछ कहना चाहता हूँ।

जज ने उसको कटघरे में आने को बोला।।

विक्की कटघरे में आया और गीता की शपथ ली।

उसने जज साहब के सामने कहा कि अली निर्दोष नही है।

यह एक बहुत बडा अपराधी है।

और मैंने कई बार छापा मारा है, रोशन के यहाँ, जिसमें ड्रग्स और राइफल बरामद हुई। जज साहब यह किसी के लिए काम करता है।

मिस लॉयर के पास सबूत न मिल पाने की वजह से ये पीछे हट गयीं हैं।

विक्की ने अपनी सारी बातें जज साहब के समने रख दी।

क्योंकि वह प्रिया को ऐसे हारते हुए नही देख सकता था। वो भी तब जब उसकी प्रिया सही है।

इससे पहले की जज साहब कुछ बोल पाते रोशन बडी जोर–जोर से रोने लगा।।

और आंखों में आँसू भरे हुए बोला कि मेरी उम्र शादी करने की, अच्छी ज़िन्दगी जीने की है। और इस आदमी ने मुझ पर इतने इल्जाम लगा दिये।

मैं ये सब क्यों करूँगा। मैं तो केवल बिज़नेस करता हूँ।

वैसे तो अदालत में रोने धोने का कोई असर नही होता है लेकिन सारे सबूत रोशन की बेगुनाही की तरफ इशारा कर रहे थे।

तो कुछ हद तक उसके रोने से लोगों की हमदर्दी जरूर उसके साथ हो गयी थी।

जज साहब उसकी बात सुनते रहे।

फिर विक्की से बोले कि यदि मिस लॉयर के पास सबूत थे तो उन्होंने पेश क्यों नही किये अदालत के सामने?

विक्की के पास कोई जवाब नही था।

विक्की ने प्रिया की तरफ देखा, जैसे वो कह रहा हो कि क्यों कर रही हो तुम ऐसा? मुझ से नाराज हो तो ठीक है, लेकिन उसके खिलाफ सबूत दे दो।

प्रिया ने विक्की की तरफ देखा तक नहीं।

उसको केवल गुस्सा आ रहा था और साथ ही कुछ समझ मे भी नही आ रहा था।

तभी मि. सक्सेना कहता है, कि जज साहब रोशन के जेल में रहने से उसका वर्क, उसका ऑफिस सब खत्म हो गया।

वह बेकसूर हो कर भी जेल मे बन्द रहा और अपना सब कमाया हुआ खो दिया।

तब विक्की जज साहब से समय मांगने की अपील करता है।

जज तारीख बढाने के लिए विक्की से ठोस सबूत मांगते है।

तभी काफी शोर शराबा मच जाता है, अदालत में।

और विक्की अली को बुरा भला कहने लगा।

प्रिया को गुस्सा तो सवार ही होता है। वह जोर से विक्की को थप्पड लगाती है।

सब बैठे हुए लोग शान्त हो जाते है।

रोता हुआ रोशन भी शान्त हो जाता है, और चौंक जाता है।

प्रिया अपने इस बर्ताव के लिए जज साहब से डांट खाती है।

बल्कि जज साहब प्रिया को एक पुलिस ऑफीसर के ऊपर हाथ उठाने पर उससे वकालत का लाईसेंस वापिस लेने के लिए ऑर्डर दे देते हैं।।

'बस रुक जाइये आप लोग' प्रिया ने चीखते हुए कहा

मैं अदालत के सामने एक लड़की को बुलाना चाहती हूँ। प्रिया ने जज साहब से कहा।

माफ कीजियेगा ये लड़की फोटो वाली ही है, मोना।

लेकिन विक्की यानी मि. शिव कुंवर सिंह से परिचित है तथा कुछ महिनों से ये लोग साथ में भी रह रहे हैं। प्रिया ने जज साहब को बताया।

मेरे साथ उस दिन दो पुलिस वाले भी थे जब मैं विक्की के कमरे पर गयी थी। प्रिया आगे बताते हुए कहा।

और प्रिया उन दो सिपाहियों को भी बुलाती है। जो उस रात जो प्रिया के साथ विक्की के घर पर थे।

विक्की ये सब सुनता रहा।

इतना सब सुनने के बाद भी विक्की ने अपनी तरफ से कुछ भी नही कहा।

उसने शायद कसम खा रखी थी, न बोलने की या ये की वह प्रिया के बोलने पर कुछ सफाई नहीं देगा।

मि. सक्सेना ऑब्जेक्शन उठाते हुए कहते हैं कि जज साहब प्रिया एक नयी वकील है। और पता नही इसे किसने वकालत करने को बोला।

ऐसे में यह वकील मेरा समय और अली का समय बर्बाद कर रही है।

एक सप्ताह पहले इस लड़की की फोटो को लेकर समय माँगा था। और इलजाम लगाया था कि इस लड़की का रिश्ता मेरे मुव्वकिल रोशन से है।

और आज उसी लड़की को एक पुलिस ऑफीसर से जोड रही है।

जज साहब सभी को शान्त करते हुए, उस लड़की को कटघरे में बुलाते हैं।

उस लड़की से नाम पूछतें हैं।

वह लड़की जीसस की प्रे करते हुए कहती है कि मैं मोना हूँ। एक क्रिस्चियन फैमिली से हूँ।

मोना कहती है कि मैं मिस्टर रोशन कपूर को जानती हूँ। उन्होंने मेरी काफी मदद की थी।

ये मुझे जरूरत के समय मिले थे, लेकिन इनके जेल में जाने के बाद मुझे काम और पैसे की जरूरत थी।

तो मैं काम ढूँढने लगी। और मैं एक दिन शिव सर के यहाँ चली गयी इन्होंने मुझे काम दिया और ८०० रू० महिने मुझे रखा।

एक रात एक लड़की का फोन आया और वो बहुत गुस्सा कर रही थी सर, लेकिन उसने बिना कोई बात किये बस गाली देते हुए फोन रख दिया।

मैं उस रात सर के आने का इन्तजार करने लगी।

सर आयें, लेकिन उस रात सर ने शराब पी रखी थी। लेकिन वो होश में थे।

इनको अपनी फैमिली की याद आ रही थी।

शिव सर को मैंने फोन वाली बात बतायी, लेकिन इन्होंने मुझे मना किया और कन्धे पर सर रखकर बात करने लगे और फिर मेरे साथ गलत करने लगे।

मुझे अपने गले लगाया और किस भी कर रहे थे।

अगर ये मेम न आती तो वो मुझे छोडते नही।

सर मि. रोशन बहुत अच्छे हैं। इन्होंने कई बच्चों की सहायता की और ये भूखे बच्चों को खाना भी खिलाते हैं।

और जज साहब मैं सही सलामत हूँ इसलिए मुझे जाने दीजिए मैं ठीक हूँ।

मेरी फैमिली है।

मोना की ये बातें सुन कर विक्की को समझ में आता है की मोना रोशन के साथ मिलकर ये सब कर रही थी।

इसीलिए इतने दिनों तक रोशन आराम से बगैर हाथ पैर फैलाए जेल में बंद था।

उसे उसका सारा खेल समझ आ गया।

लेकिन वो कुछ नही कर सकता था।

क्योंकि प्रिया ही उसके साथ नही थी। न ही वो कुछ सुनना चाहती थी न कुछ पूछना।

उसे दुख इस बात का था कि प्रिया अपना पहला केस हार गई।

उसकी आँखों मे केवल आँसू थे।

विक्की ने किसी के भी कुछ कहने से पहले अपना बेल्ट उतार दिया।

और जज साहब उस लड़की की बातों के आधार पर विक्की से हाँ या ना में सफाई मांगते हैं।

विक्की अपना गुनाह कबूल करता है।

तब जज साहब उसे नौकरी से बर्खास्त कर देते हैं। तथा वर्दी वापिस लेने को बोलते हैं।

मोना विक्की को छोडने की मांग करती है। क्योंकि वो भी उस गलती में खुद को गुनहगार मानती है।

इसलिए विक्की को सजा के तौर पर जुर्माना लगाया जाता है।

और अदालत से झूठ बोलने के जुर्म में प्रिया से उसका लाईसेंस ले लिया जाता है।

अदालत प्रिया और विक्की को हरजाने भरने का आदेश सुनाती है।

रोशन कपूर अपने वकील के साथ खुश होते हुए बाहर निकल आता है।

रोशन प्रिया को धन्यवाद बोलता है। और वहाँ से चला जाता है।

अध्याय १६

विक्की पंजाब वापस चला जाता है।

और प्रिया वहीं मुम्बई में ही रहती है।

वो विक्की से कोई बात नहीं करती है।

विक्की को पंजाब में भी अच्छा नही लगता। न ही वो कहीं जाता था। और न ही किसी से बात करता था।

वो अपने घर पर तो था लेकिन प्रिया के बिना वही घर उसे परेशान कर रहा था।

क्योंकि उसके घर मे हर जगह ही प्रिया की यादें थीं।

उसके मम्मी-पापा को उसकी ऐसी हालत देख कर बहुत दुख हो रहा था।

विक्की को ऐसे रहते-रहते एक साल बीत गया। जो कि उसके लिए बहुत लंबा समय था।

प्रिया का एक भी फ़ोन नही आया।

एक दिन विक्की के मम्मी-पापा ने ही उससे वापस मुम्बई जा कर प्रिया को वापस लाने को कहा।

एक बार तो विक्की को लगा कि प्रिया ने जब उसकी बात तक नही सुनी तो वापस कैसे आएगी।

लेकिन उसने मुम्बई जाने का फैसला किया।

उसने सोचा कि बचपन में भी तो जब प्रिया नाराज़ हो जाती थी तब भी विक्की उसे मनाता था। देर से ही सही लेकिन वो आन जाती थी।

यही सोच कर उसने मुंबई जाने का निश्चय कर लिया।

एक साल बाद विक्की प्रिया के घर आता है। ये सोच कर की शायद प्रिया उसे माफ कर दे।

वो प्रिया से माफी मांगता है।

और उसको पंजाब चलने को बोलता है।

लेकिन प्रिया उसे मना कर देती है।

वो कहती है कि मेरा तुमसे कोई रिश्ता नही है और तुम वापस जाओ यहाँ से।

विक्की अपनी मम्मी के साथ-साथ प्रिया की मम्मी को साथ लाता है कि शायद प्रिया उनकी बात सुन ले।

लेकिन प्रिया ने किसी की भी बात नही सुनी।

प्रिया विक्की को अपने घर से जाने को कहती है।

विक्की को विक्की के पापा ने पंजाब वापिस आने को कहा

और वादा किया कि वो उसकी प्रिया को वापिस लेकर आयेगें।

विक्की भरोसा करके पंजाब वापिस आ जाता है।

यहाँ प्रिया को हर कोई समझाता है। एक दिन विक्की के पापा खुद आकर प्रिया से बात करते हैं।

विक्की की स्थिति के बारे में उसके पापा कहते हैं कि बेटा प्रिया, वह टूट गया है। वह बीमार रहता है बहुत, मेरा एक ही लड़का है। और तुम सब अच्छा कर सकती हो। वापस चलो। उसके लिए न सही हम लोगों के लिए।

जब विक्की के पापा प्रिया को समझाते हैं तो प्रिया को उसका बचपन जो उसने और विक्की ने साथ मे निकाला था, याद आने लगा।

और कुछ ऐसा हुआ उसके अंदर जो इतने सालों में कभी नही हुआ था।

प्रिया उनके गले लग गयी, अचानक से

और गले लग कर बहुत रोयी।

उसे ऐसे रोते हुए देख विक्की के पापा उसे चुप नही करते हैं बस उसे रोने देते हैं।

क्योंकि वह ऐसे रो रही थी जैसे उसने कई सालों से न रोया हो।

जी भर कर रो लेने के बाद वह शांत हो जाती है, और कहती है कि एक दिन बाद वह विक्की के पास पंजाब चलेगी सब बहुत खुश हो जाते हैं।

दूसरे दिन सब पंजाब जाने की तैयारी करते है।

और पंजाब के लिए रवाना हो जाते हैं।

लेकिन जेल से आने के बाद, वहाँ अली के दिल और दिमाग़ में प्रिया तो छा ही गयी थी।

उसने अपने लिए कभी किसी लड़की को लड़ते नही देखा था।

इसलिए उसने प्रिया को पूरी तरह पाने का मूड बना लिया था।

मोना को यह बुरा लगता था। मोना ८ साल से अली के साथ रह रही थी। अली के साथ अफेयर में थी। और ये दोनो लिव इन में भी थे।

लेकिन मोना ने अली से प्यार किया पर कभी उसकी आँखों में खुद के लिए प्यार नही देखा।

मोना ने मना किया कि तुम प्रिया के साथ कुछ भी मत करो क्योंकि वो लड़की किसी से प्यार करती है।

जिसका घर हमने तुमने उजाड डाला।

अली गुस्से में मोना को थप्पड मारकर चला जाता है, वहाँ से।

और एक शाम जब वह बैठा हुआ था। तभी एक शक्स की एन्ट्री हुई जिसके आते ही अली उठा और भागकर उसके पास गया।

उसका नाम जीत था (रोशन का असिस्टेंट) और रोशन का बेस्ट फ्रैन्ड।

जीत रोशन के कारोबार की देख-रेख करता था।

उसको गले से लगाया और कहा कि प्रिया के बारे में कुछ पता चला।

जीत ने कहा कि जिस दिन आप जेल से निकले थे उसी दिन से आपने उसकी जानकारी के लिए मुझे पीछे लगाया था। तभी से मैं उसका पीछा कर रहा हूँ। उसने कहा– पता है रोशन, वह एक सीधी सादी सी लड़की है।

वो आपके लायक नही है। उसके लिए उसका परिवार सबसे पहले है। और विक्की भी। वह सब कुछ केवल अपने परिवार के लिए करती है।

वो बहुत दुखी है। और वो आज भी विक्की से ही प्यार करती है।

वह दो दिन से पंजाब में है।

वहा उसकी और विक्की की शादी की बात होनी है।

और दोनो के परिवार वाले भी राजी है। शादी के लिए।

जीत ने कहा की आप गलत रास्ते पर हैं।

और उसका ये रास्ता नही है। आप दोनों बहुत अलग है, एक दूसरे से।

ये सुन कर रोशन को बहुत गुस्सा आया और उसने लात घूसों से जीत की पिटाई कर दी।

और तब तक मारा जब तक जीत ने उसको प्रिया से मिलवाने का वादा नही कर दिया।

शायद रोशन अपनी खुशी और तसल्ली के लिए ये सब कर रहा था।

जबकि वो ये जानता था कि प्रिया को पाना इतना आसान नही है।

जीत की बात से उसे थोड़ी तस्सली जरूर मिली थी।

अली ने बस इतना कहा कि प्रिया को सीधी तरीके से नही पा सकते क्योंकि परिवार और प्यार है।

और उसने कहा की कोई मेरी मदद करे या न करे मैं अब अपने दिमाग से काम करूंगा।

रोशन की बाते सभी सुनते है, और हर कोई उसे मना करता है की वह कुछ भी गलत न करे क्योंकि वह अभी-अभी ही जेल से आया है।

लेकिन वह किसी की भी बात नही सुनता है। और बिना कुछ कहे वहाँ से चला जाता है।

अध्याय १७

कुछ दिन के बाद- जीत अली को खबर देता है और कहता है कि प्रिया मुम्बई वापिस आ गयी है।

और वह अपना लाईसेंस वापिस लेने के लिए कोशिश कर रही है।

जिसमें उसकी मदद विक्की करेगा।

और हल्की सी आवाज में कहा कि उसने विक्की से सगाई भी कर ली है।

इतना सुन कर बिना कुछ कहे रोशन गुस्से में निकल जाता है।

दोपहर के २ बज रहे थे और वो चमकती धूप में गाड़ी लेकर निकल गया।

तभी कुछ समय बाद उसे अपने गाड़ी के शीशे मे प्रिया की तरह झलक दिखायी देती है।

वह गाड़ी धीमी करता है।

गाड़ी से बाहर देखता है तो वह प्रिया ही होती है। वह प्रिया के आगे गाड़ी रोक देता है।

तभी प्रिया अचानक से ऊपर देखती है।

रोशन को देख कर चौंकते हुए उससे पूछती है, आप मि. रोशन और यहाँ इस तरह से।

पहले रोशन कुछ सोचता है, फिर यहाँ–वहाँ देखता है।

और फिर प्रिया के मुह पर अपना रूमाल रखता है। और उसे गाडी में जबरदस्ती बिठा लेता है।

और पुराने से सुनसान रास्ते निकल जाता है। गाड़ी को ड्राईव करते लगभग १ से २ घन्टे हो जाते हैं।

तभी प्रिया उठती है और रोशन पर हमला करती है, अपने बचाव के लिए।

रोशन को सामने एक मन्दिर दिखाई दिया।

तभी उसके दिमाग में कुछ सुझा और उसने गाड़ी रोकी। और गुस्से से प्रिया को बाहर निकाला।

प्रिया लगातार अपने आपको छुड़ाने की कोशिश करती रही।

लेकिन रोशन ने उसके दोनों हाथों को जोर से पकड़ रखा था।

प्रिया हाथ छुड़ाने के लिए कई बार रोशन को काटती है।

जब प्रिया आगे बढ़ने के लिये तैयार नहीं हुई तो रोशन उसको अपनी गोद में उठाकर सीढियां चढ़ने लगा।

कडी धूप थी, और मन्दिर के आस–पास ज्यादा भीड़ भी नही थी।

रोशन सीधा प्रिया को मन्दिर के अन्दर ले गया।

उसने सीधे प्रिया की माँग में सिन्दूर भर दिया और देवी जी की माला उतारकर प्रिया के गले में पहना दी।

"यही होती है न शादी, लो हो गयी हमारी शादी।" रोशन ने माला पहनाने के बाद कहा।

फिर कुछ सोचने के बाद प्रिया के हाथ की अंगूठी उतारकर उसे अपने हाथ की उंगली में पहन ली।

प्रिया थोड़ी देर के लिये समझ नहीं पायी कि ये क्या हो रहा है उसके साथ।

बस उसकी आँखों में आँसूं भरे थे।

प्रिया कि आँख से आँख गिरने ही वाला था, तभी रोशन ने उसके मुहँ से बंधा हुआ रूमाल हटाया और उसके आँसू पोछते हुये बोला कि तू अब मेरा भगवान है और भगवान रोते नही हैं।

और फिर प्रिया को अपने दोनों हाथों में उठाकर देवी जी की परिक्रमा करने लगा।

प्रिया ने तब भी खुद को छुड़ाने की बहुत कोशिश की लेकिन वह खुद को छुड़ा न सकी।

तभी मंदिर का पुरोहित आया और उसने जोर से चिल्लाते हुए पूछा यह क्या हो रहा है?

तभी रोशन पीछे मुड़ता है।

पुरोहित रोशन को देख कर शांत हो जाता है।

और कुछ सेकंड रुकने के बाद लड़खड़ाते हुई आवाज आती है, रोशन सर आप?

रोशन ने पुरोहित को नमस्कार किया और अपनी शादी पूरी करवाने को बोला। पुरोहित जी बोले कि बेटा आपकी शादी में अब कुछ नही बचा।

आपने इस मंदिर में आकर शादी की है खुद, शंकर पार्वती जी का विशाल मंदिर है बेटा, और यहाँ से जो जोड़ा बनता है वो हमेशा शिव पार्वती जी की तरह दो आत्माओं का मिलन होता है।

जो जन्मों–जन्मों तक के लिए एक दूसरे के हो जाते हैं।

रोशन बोला फेरे–वेरे होते हैं ना कुछ वो करवाइये आप।

अभी शादी पूरी कहाँ हुई है। रोशन ने थोड़ी तेज आवाज में पुरोहित से बोला।

पुरोहित जी हवन की तैयारी करते हैं और रोशन प्रिया को फेरे के लिए तैयार करते हैं।

प्रिया की आँखों से अब तो आँसू भी नही आ रहे थे। और जब उसको पुरोहित ने बैठने को कहा तो रोशन ने प्रिया का हाथ पकड़कर जबरदस्ती अपने पास बैठाया।

और कुछ वादे किए, और पुरोहित जी के दिये धागे को रोशन ने प्रिया को पहना दिया।

अब रोशन प्रिया की शादी हो गयी थी, पूरी तरह से।

प्रिया की आँखों में अब केवल विक्की के सपने बिखरते नज़र आ रहे थे।

वो मानों अजीब कश्मकश में कैद हो गयी थी।

और अब वो रोते-रोते शान्त हो जाती है। कुछ देर बाद उसके सामने उसका पति यानि रोशन आया और प्यार से बोला, बेगम चलो अपने घर चलते है।

और वो प्रिया को अपनी बांहों मे उठाने की कोशिश करता है।

तभी अचानक से प्रिया उसको धक्का देकर कहती है, कि मुझे हाथ मत लगाओ।

और वो खुद जाकर गाड़ी में बैठ जाती है।

वहाँ मन्दिर के कुछ लोग रोशन की तरफ देखते हैं।

जो उसको बहुत खराब लगता है।

जिससे उसे अपनी बेइज्जती महसूस होती है।

और वो गुस्से में गाड़ी में बैठता है और घर की तरफ निकल जाता है।

जैसे ही वह घर पहुँचता है, वह प्रिया को बाहर निकालकर और उसे हाथों मे उठाकर गुस्से से घर के अन्दर ले जाकर कहता है कि चल जा अब यही तेरी दुनिया है। और मैं तेरा सब कुछ।

प्रिया को कमरा दिया जाता है। उस कमरे में जाते ही प्रिया रोशन के नशे की चीजों को देखती है। हर जगह बोतलें फैली हुई होती है। और बिस्तर पर कुछ लड़की जैसे कपड़े फैले होते हैं।

वो ये देख कर गुस्से से लाल पीली हो जाती है। और गुस्से में रोशन को बाहर निकाल देती है।

रोशन वहाँ से निकलकर अपने ऑफिस चला जाता है। जहाँ वह सभी को खुल्लम–खुल्ला काम करने को बोल देता है।

कहता है कि अब वकील मेरा हो गया है। अब करो जिसे जो भी करना हो।

सब लोग हँसने लगते हैं।

और रोशन की गर्लफ्रैंड मोना जो कि रोशन को प्यार करती थी। बस वो खुश नही थी।

लेकिन शायद रोशन के चेहरे की खुशी देख कर वो खुश थी।

सभी लोगो ने रोशन की शादी की पार्टी में मस्ती की।

रोशन ने कुछ ज्यादा ही पी रखी थी। पार्टी खत्म होने के बाद रोशन अपने घर जाने की बात करता है। तो मोना मना करती है। कहती है कि तुम नशे में हो, कल सुबह निकल जाना। लेकिन वो जिद करता है और कहता है कि आज मेरी सुहागरात है। मेरी बीवी मेरा इन्तजार कर रही होगी।

मोना के पास और कोई तरीका ही नही बचता उसे रोकने का।

तब मोना रोशन को गाड़ी में बैठाकर उसके घर ले जाती है।

शायद मोना कही डरी हुई होती है। ये सोचकर कि पता नही घर पहुचकर ये क्या करने वाला है।

रोशन के घर जाने पर प्रिया अपने रूम से बाहर तक नही निकलती है।

मोना अली के घर रूक जाती है। क्योंकि रात बहुत हो जाती है।

तभी रोशन प्रिया के रूम की तरफ बढ़ता है। दरवाजा को धक्का देता है तो दरवाजा अंदर से बंद होता है।

रोशन बाहर से आवाज देता है बेगम, दरवाजा खोलिये।

लेकिन प्रिया फिर भी दरवाजा नही खोलती है।

वह जोर–जोर से दरवाजा पीटता है।

प्रिया आखिरकार गेट खोलती है ।

रोशन को देखती तक नही है लेकिन उसके बोलने से वह समझ जाती है कि वह शराब के नशे में है।

रोशन कमरे में जाता है तो देखता है कि कमरा बिल्कुल साफ है।

वह कमरे की सफाई देख कर खुश हो जाता है। और प्रिया को थैंक यू बोलकर, लेट जाता है।

प्रिया कुछ नही कहती है।

कुछ समय बाद जब प्रिया सो जाती है। तो रोशन उसे काफी नज़दीक से देख रहा होता है। और उसके होंटो को चूमने की कोशिश करता है।

तभी अचानक से प्रिया की आँख खुल जाती है। और वो गुस्से में उसे धक्का देती है।

और रोशन नीचे गिर जाता है।

फिर क्या होना था बस वो उठा और आकर गुस्से में प्रिया को बिस्तर पर घसीटकर उसके साथ जोर जबरदस्ती करने लगा।

प्रिया ने बहुत कोशिश की खुद को बचाने की, लेकिन रोशन उसकी बेइज्जती करने से नही चूका।

प्रिया की आँखों में आँसू के अलावा कुछ नही था । वो दिल ही दिल में विक्की को बहुत याद कर रही थी।

और वहाँ इन सब चीजों से अनजान विक्की भी प्रिया को बहुत याद कर रहा था।

लड़ झगड़ कर उस रात रोशन और प्रिया दोनो सो जाते हैं।

अध्याय १८

जब रोशन सुबह उठता है तो प्रिया की तरफ देखता है और फिर कमरे को देख रहा होता है।

तो उसे अपने किये पर शर्मिन्दगी महसूस होती है।

और वह जल्दी से रूम को साफ करने लगता है।

तभी प्रिया की भी आँख खुल जाती है, वह उसे देखती रहती है ऐसे कि रोशन को पता न चले।

रोशन कमरा साफ करने के बाद बाहर आने लगता है।

तो वह पलटकर प्रिया को देखता है और उसे देख कर बाहर चला जाता है।

रोशन रात के नशे से बाहर आता है। और मोना को देखता है तब तक मोना जा चुकी होती है।

रोशन नहाने चला जाता है तब प्रिया उठती है।

कमरे से बाहर निकलती है और पूरा घर देख आती है घर काफी बडा होता है। प्रिया रसोई में जाकर अपने लिए नाश्ता बना रही थी तभी सामने से कोई आ रहा था जिसे जीत अन्दर जाने से मना कर रहा था।

तुम अंदर नही जा सकते जीत ने उसे रोकते हुए कहा।

क्यों नही जा सकता अंदर। मुझे प्रिया से मिलना है।

जब विक्की की बात कुछ दिनों से प्रिया से नही हुई। न ही प्रिया की कोई जानकारी उसे मिली तो वह खुद अमृतसर से मुम्बई आया। प्रिया को लेने।

यहाँ आकर उसे पता चला कि प्रिया को रोशन ने कैद कर लिया।

इसीलिए वह रोशन के घर आया था।

विक्की जीत के रोकने से नही रुका और जीत को धक्का देते हुए अंदर आने लगा।

तभी प्रिया को विक्की की आवाज़ सुनाई दी।

आवाज सुनकर प्रिया झट से भाग कर आयी और सीधा विक्की के गले लग गयी।

तब विक्की की जान में जान आती है।

तुम ठीक हो न? विक्की ने घबराते हुए उससे पूछा।

प्रिया ने कुछ जवाब नही दिया।

उसने विक्की को दोनो हाथों से कसकर पकड़ा और जोर से रोने लगी।

मैं आ गया हूँ न । अब क्यों रो रही हो। सब ठीक हो जाएगा। उसे समझाते हुए विक्की ने कहा।

और प्रिया का माथा चूमा।

वह उसकी आँखों में देखता है तभी अचानक से प्रिया की गर्दन पर कुछ कटे जैसे निशान बना देखा। और फिर उसके गले में मंगलसूत्र, मांग में सिन्दूर देख कर वह बेजान से खड़ा रह गया। और उसकी आँखों से आँसू गिरने लगे।

तभी अचानक से प्रिया के पीछे उसे रोशन खड़ा दिखाई दिया जो तोलियां लिए खडा था।

विक्की देख कर डर सा जाता है।

विक्की कुछ बोल पाता तभी पीछे से रोशन ने प्रिया के बाल पकडकर घसीटते हुए अन्दर की ओर धकेल दिया, और कमरे में बन्द कर दिया।

और फिर उसने विक्की को बहुत मारा।

दूसरे की बीवी को गले लगाया, ऐसे शब्द बोलते हुए हाथो, लातों तथा डण्डो से मारता रहा।

प्रिया चीखती चिल्लाती रही।

उसे समझ नही आ रहा था कि वो क्या करे? कैसे विक्की को बचाये।

अली मुझे बात करना है तुम से। रुको। मुझे बाहर निकालो, प्लीज। प्रिया ने चिल्लाते हुए कहा।

रोशन प्रिया की आवाज़ सुनता है।

और खुद से कहता कि प्रिया ने मुझसे यानि रोशन से बात करने की बात की।

और वो भी उस नाम से बुलाया, जो मेरी मम्मी कहकर पुकारती थी, अली!

वो खुश हो जाता है।

और प्रिया को कमरे से बाहर निकालता है।

प्रिया के सर से खून निकल रहा था।

उसने प्रिया को अपनी गोद मे उठाया और फर्स्ट एड बॉक्स लाकर उसकी बेन्डिज की।

उसके माथे को चूमते हुए बोला– क्या है बोलिए बेगम।

उसके हाथों को पकड़ते हुए रोशन ने कहा कि मैं तुमसे वादा करता हूँ कि मैं कभी तुम पर हाथ नही उठाऊंगा आज के बाद।

प्रिया उसकी बात सुनने के बाद डरते-डरते बोली कि प्लीज आप विक्की को मत मारिये।

आपको पता है कि मैं विक्की की दोस्त हूँ।

हम दोनो की फैमिली हमारी शादी करने वाली थी। मेरी शादी की खबर उसे पागल बना देगी।

और पहले भी मैने उस पर विश्वास न करकर बहुत बडी गलती की। जिसकी वजह से उसने अपनी जॉब छोड़ दी।

और विक्की की फैमिली ने मेरी फैमिली को बहुत प्यार दिया है।

मेरी फैमिली अमृतसर में उसी के पास है। मेरी आपसे विनती है कि मुझे सिर्फ एक बार उसके साथ पंजाब जाने दो और इसकी फैमिली को वापिस सही सलामत देकर, अपनी माँ और बहिन के साथ मैं वापस आँऊगी।

प्रिया ने रोते हुए ये सारी बातें रोशन से कह दी।

रोशन कहता है कि नही जाने दूँगा। क्योंकि फिर तुम वापिस कभी नही आओगी। यदि मम्मी और बहन को लाने की बात है तो मैं खुद जाऊँगा और आपकी माँ-बहिन को वापिस ले आउंगा।

और आपके दोस्त को भी सही सलामत उसके घर पर छोडकर आउंगा।

विक्की तभी कहता है कि प्रिया तुम चलो मेरे साथ, ये शादी नही है।

यहाँ से वापिस चलो अपने घर। मैं तुम्हें खुश रखूगां।

और ये तुम्हारी बगैर मर्जी से शादी है।

रोशन कुछ बोलने ही वाला था तभी प्रिया कहती है, ऐसा नही है विक्की जबरदस्ती ही सही लेकिन मन्दिर में सारी रीति रिवाज में शादी हुई और न्यूजपेपर की ख़बर ने सारे शहर को शादी की खबर से रूबरू करा डाला।

और मैं अपने पापा का मजाक नही बनने देना चाहती हूँ।

इसी को अपनी किस्मत समझकर अपने पति को सही रास्ते पर लाने की कोशिश करूंगी।

मेरी जिन्दगी को बुरे साये ने तभी ढक दिया था, जब बचपन में ही मेरे पिता को मुझसे छीन लिया था, और जिन चीजों और जिन लोगो से मैं बहुत नफरत करती थी कल तक, वही लोग और वही काम मेरा आज है।

इसलिए मैंने वकालत छोड दी। मुझे कोई लाइसेंस वापस नही चाहिए।

विक्की तुम घर जाओ अंकल–आंटी का ध्यान रखो।

तुम्हारा कल बहुत अच्छा आने वाला है। तुम उसे अपनाओ और मैं तुम्हारी यादो के सहारे रह लूँगी। और तुम्हारी उन यादों में हमेशा जिन्दा रहूँगी।

विक्की की आँखें नम हो जाती हैं।

और वो प्रिया को गले लगाने के लिए आगे बढता ही है तभी वहाँ रोशन आ जाता है, प्रिया को गले लगा लेता है।

रोशन विक्की को थैंक्स बोलते हुए बोला कि भाई तेरे आने से मुझे अपना रिश्ता और हक और बीबी के अन्दर प्यार दिखा जिससे मैं खुश हूँ।

इतने मे विक्की रोशन की बातों के बीच में ही वहाँ से गुस्से में चला जाता है।

विक्की को जाते देख प्रिया रोने लगती है। और रोशन को धक्का देकर अलग चली जाती है।

रोशन उसके पीछे जाता है। उससे प्यार से बोलता है कि मैं आपका पति हूँ, आपको धक्का नही मारना चाहिए था।

और उससे कुछ बातें करने लगता है।

प्रिया कुछ समय तक शांत रहती है। फिर अचानक से रोशन की किसी बात पर प्रिया पीछे पलटती है और उसके गाल पर जोर से एक थप्पड मार देती है।

और बहुत जोर से चिल्लाकर बोलती है कि मैं तुम्हारी कौन हूँ, मैं क्या हूँ, मुझे नही पता कुछ।

मुझे बस इतना पता है कि मैं अपने विक्की का प्यार हूँ।

विक्की मेरा सब कुछ है। मेरा प्यार है। एक ऐसा रिश्ता जिसमें वो मेरे दिल में हमेशा था और हमेशा रहेगा।

तुम्हारे जैसे के साथ जिन्दगी जीने के लिए विक्की की यादे और साथ बिताये पल ही मेरे लिए काफी है।

जो मुझे हमेशा जिन्दा रखेगें और तेरी मैं पत्नि हूँ न, तो रहूँगी।

लेकिन तुझे अपने विक्की की जगह कभी नही दे पाउंगी। इतना कहते–कहते प्रिया रोने लगती है और घुटनों पर बैठ जाती है।

प्रिया का ये रूप देख कर अली डर जाता है।

उसके मुँह से एक भी शब्द नही निकला। थोड़ी देर में प्रिया खुद ही वहाँ से चली गयी। और कमरे में खुद को बन्द कर लिया।

रोशन बरामदे में बैठ गया।

और सोचने लगा कि थोडी देर पहले इस लडकी ने विक्की के सामने जो भी बोला मेरे बारे में उन बातों को सुनकर कुछ अपना सा लगा यार मतलब अपनापन जो अक्खा अभी तक की लाइफ में नही लगा।

साला प्रिया की बातों में मुझे अपने लिए एक परिवार, प्यार, अपनापन सब कुछ वो दिखा जो मुझे चाहिए है।

फिर थोडे देर के बाद वो अन्दर ही अन्दर परेशान होने लगा।

विक्की के जाने के बाद प्रिया के इस बदले हुए बरताव को लेकर परेशान हो रहा था, रोशन।

और खुद से बाते करने लगा कि, प्रिया की इन सब कही हुई बातों से दिल में दर्द सा हो रहा है ।

इस दर्द को वो महसूस तो कर रहा था। लेकिन समझ नही पा रहा था।

और उसके आँसू आने लगे प्रिया के बारे में सोचते–सोचते।

अध्याय १९

इधर विक्की अपने घर जाने के लिए स्टेशन आ गया था।

कुछ देर वह स्टेशन पर बैठ कर ट्रेनों को आते–जाते देखता रहा। कुछ देर में उसकी ट्रेन आ जाती है।

जब तक वह अपनी ट्रैन की तरफ उसका ध्यान जा पाता तब तक उसकी ट्रैन निकल गयी।

उसने दौड़कर उसे पकड़ने की कोशिश की, लेकिन वह ट्रेन छूट गयी।

वह उस समय प्रिया के बारे में सोच रहा था।

तभी उसके दिमाग में ख्याल आता है कि वो प्रिया को इस तरह से अकेला छोड़ कर नही जा सकता।

प्रिया उसकी है, और फिर ये शादी भी तो उसकी मर्जी से नही हुई है।

और यदि वह प्रिया और मुम्बई छोड़कर अभी चला गया तो प्रिया उससे हमेशा के लिए बहुत दूर हो जाएगी।

यही सोच कर वह स्टेशन से वापस चला जाता है।

और अपने दोस्त के घर रहने लगता है। जो रोशन के घर से कुछ दूरी पर ही होता है।

जिससे वह यहीं रह कर प्रिया को देख सके, उससे मिल सके।

उसने सारी बात अपने दोस्त को बता दी। उसके दोस्त ने कहा कि तुम जब तक यहाँ रहना चाहो रह सकते हो यार। हम दोनों तो पुराने दोस्त हैं।

तुम्हारे लिए इतना तो कर ही सकता हूँ मैं।

विक्की उसके गले लग गया।

किसी तरह विक्की प्रिया के बारे में सोच-सोच कर अपनी रात निकालता है।

अगली सुबह वह जल्दी उठा और तैयार हो कर सीधा प्रिया के पास पहुँच गया।

प्रिया उसे देख बहुत खुश हुई।

वो भागकर आयी और उसके गले लग कर बहुत रोयी।

विक्की ने उसके आँसू पोछे।।

उसे बैठाया, और उससे बातें करने लगा। उसे हँसाया।

दोनों ने साथ मे खाना खाया।

प्रिया को बहुत अच्छा लगा ये सब।

जिस समय विक्की प्रिया से मिलने आता है, उस समय रोशन घर पर नही रहता था।

इसी तरह विक्की रोज प्रिया के पास आता था, उसे हँसाता, उससे बातें करता।

ऐसा करते-करते विक्की को एक महीना हो गया।

प्रिया को भी अच्छा लगने लगा अब।

वो कभी-कभी विक्की से वापस अमृतसर जाने को कहती भी, लेकिन विक्की उसे मना कर देता।

वो जानता था कि प्रिया यहाँ खुश नही है, वो सिर्फ रोशन के डर से उसे जाने को कहती है।

एक दिन दोपहर के समय अचानक से रोशन को किसी काम के लिए घर आना पड़ा।

वह घर आया, और जैसे ही गाड़ी से उतरा उसे अपने घर से हँसी सुनाई दी।

वह बहुत खुश हुआ।

और खुद से ही बोला कि देखा मि. रोशन हुआ न अपना घर अब घर जैसा, और मुस्कुराते हुए अंदर चला गया।

अंदर आकर जैसे ही रोशन ने विक्की को देखा तो वह चौंक गया।

उसे विक्की को देख कर बहुत गुस्सा आया। वो सीधा विक्की को घर से बाहर फेक देना चाहता था।

लेकिन उसने ऐसा नही किया।

उसने खुद को शांत किया और चुपके से उन दोनो की बातें सुनने लगा।

प्रिया रोशन के ही बारे में बात कर रही थी।

उसने कहा कि अली का दिल अच्छा है, बस उसके काम और उसके आस-पास रहने वाले लोगों ने उसे बुरा बना दिया है।

एक महीने पहले जब तुम आये थे तब उसने मुझ पर हाथ उठाया था, लेकिन उस दिन के बाद से उसने मुझे नही मारा।

उसी दिन से वो मेरी इज्ज़त करने लगा, और मेरा ख्याल भी रखने लगा।

वो शायद बदलने की कोशिश कर रहा है। और शायद वो एक अच्छा इंसान बन भी जाएगा।

फिर उसने कहा, मुझे यहाँ से ले चलो विक्की।

मम्मी की बहुत याद आती है। और कभी–कभी बहुत घुटन सी होती है, यहाँ पर।

मैं तुम्हे कभी नही भूल सकती हूँ, विक्की।

तुम जो इतने दिनों से मेरे पास आते हो, मेरा ख्याल रखते हो, मेरे लिए मेरे पसंद की किताबें और खाना लाते हो। मुझे हसांते हो, मुझे खुश रखने की कोशिश करते रहते हो। मैं खुश रहती हूँ ऐसे में भी तुम्हारे साथ।

आई लव यू विक्की।

मुझे माफ़ कर दो मैंने तुम्हें बीच में ही छोड़ दिया।

और उसने विक्की का हाथ अपने सर पर रखकर कसम दिलायी कि प्लीज तुम शादी कर लो।

फिर मैं बगैर टेंशन के रह पाऊँगी ये सोच कर की मेरे झल्ले, प्यारे से विक्की की कोई देख–रेख और प्यार करने वाला आ गया है।

विक्की उसके सर से अपना हाथ हटा कर गुस्से में तेज आवाज में बोलता है कि मैं तुम्हें नही भूल सकता। और न ही तुम्हारी जगह, तुम्हारा प्यार किसी और को दे सकता हूँ।

अभी मैं रोज यहाँ आकर, तुमसे मिलकर, तुमसे बात कर करके, तुम्हे देख कर ज़िंदा हूँ, और जी रहा हूँ।

हाँ! एक और बात तुम्हारी ये शादी जबरदस्ती की है। तुम्हारी बिना मर्ज़ी से हुई है। मैं नही मानता इसे।

और तुम इस शादी को मानकर, अपने सारे सपने भुला कर, अपनी आने वाली जिन्दगी उस इन्सान के साथ जीने के लिए तैयार हो जो तुम्हें कभी पसंद ही नही था और न ही है।

अगर ये शादी है तो फिर प्रिया वो शादी क्या है जो हम दोनो की मर्जी से गुरुद्वारे में हुई, जहाँ हम दोनो ने एक दूसरे को अंगूठी पहनायी, हमेशा साथ रहने के वादे किये तो क्या वह शादी मज़ाक थी।

जो भी हो प्रिया मुझे कुछ नही पता बस मुझे इतना पता है कि मैं शादी शुदा हूँ, और तुम मेरी बीवी थी, हो,और हमेशा रहोगी।

दूर ही सही लेकिन मैं तुम्हारे आस-पास ही रहूँगा, न ही मैं कहीं जाऊंगा।

प्रिया रोने लगती है। और उठकर विक्की को अपने गले से लगा लेती है। उसके चेहरे को चूम डालती है।

विक्की ने उसे शान्त करवाया और कहा कि मैं अब जा रहा हूँ।

दोस्त भी थाने से आ गया होगा रूम की चाबी मेरे पास है और तुम्हारे घर का भी कमीना आने वाला होगा।

इतना कह कर वह चला गया।

प्रिया विक्की से बात कर के बहुत खुश हुई। उसे अच्छा महसूस होता है। वह अपने कमरे में ही रहती है, और विक्की को याद करते-करते सो जाती है।

सुबह जब वह सो कर उठी तो टी. वी. पर समाचार सुन रही थी।

एक खबर दिखाई दी कि सड़क दुर्घटना में बाइक सवार की मौत।

खबर में दिखाई जाने वाली बाइक देख कर वह सन्न रह गयी।

पूरी ख़बर सुने बगैर वह बहुत जोर–जोर से रोने लगी।

उसके रोने की आवाज़ सुन कर रोशन और जीत भाग कर उसके पास आये। रोशन प्रिया की ऐसी हालत देख कर चौक गया।

वह उससे जाकर पूछने ही वाला होता है तभी उसे टी.वी. पर खबर देख कर पता चला कि जो एक्सीडेंट हुआ कल शहर में वो किसी और का नही बल्कि विक्की का हुआ है।

कुछ देर के लिए वह शांत खड़ा रह गया।

उसकी हिम्मत ही नही हुई प्रिया के पास जाने की।

थोड़ी देर बाद वह प्रिया के पास जा कर बैठता ही है की प्रिया उससे लिपट कर बहुत रोती है।

रोशन समझ ही नही पता कि क्या करे वह।

वो प्रिया को चुप भी नही करवा पाता है। बस उसे अंदर से खुशी होती है कि प्रिया आज खुद उसके गले लगी है।

प्रिया को इस तरह रोता हुआ देख कर उसके भी आँसू आ जाते हैं।

प्रिया इतना रोयी कि वह रोते–रोते बेहोश हो गयी।

रोशन डर गया।

उसने प्रिया को बिस्तर पर लिटाया और पास में ही रखी पानी की बोतल से उसके चेहरे पर पानी के छींटें मारे और उसके गालों को हल्के से थपथपाते हुए बोलता जाता है, प्लीज प्रिया होश में आओ।

प्रिया होश में नहीं आयी।

तो व जीत पर चिल्लाया तुम क्या देख रहे हो खड़े हो कर, उसे होश में लाओ।

मैं उसे इस हालत में नही देख सकता। जीत नीचे जाकर डॉक्टर को फ़ोन करता है, तब तक अली प्रिया के ही पास रहता है।

डॉक्टर आता है प्रिया को देखता है। और इंजेक्शन देता है।

रोशन से डॉक्टर ने कहा कि थोड़ी देर में इन्हें होश आ जाएगा।

जब थोड़ी देर बाद प्रिया को होश आया तो वह बिस्तर से जल्दी से उतरकर बाहर की तरफ भागी।

रोशन भी घर में ही होता है।

प्रिया को भागता हुआ देख कर वह प्रिया के पास आया और उसे पकड़ कर पूछता है, कहाँ जा रही हैं आप?

प्रिया कुछ नही कहती है बस रोशन को एक बार देखती है, और फिर से जाने लगती है।

अली उसे जोर से पकड़ लेता है, उससे कहता है आपकी तबियत ठीक नही है बेग़म। आप कहीं नहीं जा सकती।

प्रिया चिल्लाते हुए कहती है मुझे जाने दो, मुझे मेरे विक्की के पास जाना है।

उसे मेरी जरूरत है। वो इंतज़ार कर रहा है मेरा।

वो मुझे छोड़कर कहीं नही जा सकता, मुझे पता है।

इतना कहते–कहते वह रोने लगी।

फिर रोशन से बोली आपको पता है उसने मुझसे वादा किया था कि वो किसी भी स्थिति में मुझे नही छोड़ेगा।

मुझे जाने दो मुझे मिलना है, उससे।

हाथ जोड़कर कहती है प्लीज मुझे जाने दो।

और कहते–कहते जमीन पर बैठ गयी।

रोशन भी उसके पास बैठ गया।

उसके आँसू पोछे और बोला बेगम साहिबा आप रोना बंद कीजिये। और आराम कीजिये।

अब जाने से कोई फायदा नही है। क्योंकि विक्की अब नही है इस दुनिया में।

प्रिया चुपचाप उसकी बातें सुनती रही और आँसू पोछेते हुए, अचानक उठकर नीचे रखे टेलीफोन के पास जाती है और कहती है मैं उसके कमरे पर फ़ोन करती हूँ वो उठाएगा मेरा फ़ोन। उसने बोला था आज आने के लिए।

वो अपना वादा कैसे तोड़ सकता है।

रोशन समझ नही पाता वो क्या करे, वह प्रिया के पीछे जाता है और उसे पकड़ कर जोर से एक थप्पड़ मार देता है। कहता है आप होश में आइये, आप क्यों नही समझ रही हैं कि वहाँ फ़ोन उठाने के लिए कोई है ही नहीं।

प्रिया रोने लगती है। उसकी आँखों के आँसू इतने बहते है कि कुछ देर बाद वो भी बहना बंद हो जाते हैं।

और प्रिया बेजान सी सोफे पर बैठी रह जाती है।

उस समय उसे लग रहा था कि उसकी सांसें उससे किसी ने अलग कर दी हों। उसके पास अब कुछ नही बचा हो, वो खुद भी नहीं।

उसमें खुद से उठ कर चलने की हिम्मत भी नही बची थी।

रोशन उसके पास बैठा उसे देखता रहा। शाम को प्रिया उसी सोफे पर लेटी थी। रोशन उसके लिए खाना ले कर आया। और प्रिया से खाने को बोला।

प्रिया ने ध्यान ही नही दिया उसकी बात पर।

वो प्रिया के पास ही सोफे पर बैठकर उसे अपने हाथों से खिलाने की कोशिश करने लगा, लेकिन प्रिया ने एक भी निवाला नही खाया।

रोशन को उसे ऐसे देख कर बहुत बुरा लग रहा था।

उसकी आँखों में भी आँसू आ गए थे। उसने प्रिया की नजरों से बचते हुए अपने आँसू पोछे और खुद से बोला यार ये क्या, मेरी आँखों से क्यों आँसू आ रहे हैं।

वो वहीं बैठा रहा रात भर। और रात में दूसरे सोफे पर वो सो गया। प्रिया तो रोते–रोते पहले ही सो गई थी। उसने भी कुछ नहीं खाया।

जीत अली का यह बर्ताव देख कर चौंक गया था। उसने पहली बार अपने रोशन सर को रोते हुए देखा था।

सुबह जब रोशन की आँख खुली तो प्रिया उस सोफे पर नही थी। रोशन ने सब जगह देख डाला, प्रिया कहीं नही मिली।

वह भागकर कर यहाँ–वहाँ घर मे देखता है तो प्रिया अपने कमरे में ही होती है। उसने उसके पास जा कर पूछा कि आप यहाँ कब आ गयीं बेगम।

प्रिया ने कुछ भी जवाब नही दिया। बस चुपचाप बैठी रही। मानो वो वहाँ दिखाई तो दे रही थी लेकिन वहाँ थी ही नही।

उसे कुछ नही पता चल रहा था, जो भी उसके आस–पास हो रहा था।

अध्याय २०

इसी तरह ६ महीने निकल गए।

प्रिया बस ज़िंदा रहने के लिए खाना खाती थी। वह अपने आपको पूरी तरह से भूल चुकी थी।

ऐसा लगता था कि उसका शरीर ही ज़िंदा है प्रिया तो कब की मर चुकी है, अपने विक्की के साथ।

रोशन रोज उसे ठीक करने के लिए कुछ न कुछ करता।

उसके लिए बाहर से खाना मंगवाता, उससे बातें करने की कोशिश करता और भी बहुत कुछ।

लेकिन प्रिया को विक्की के खयालों से बाहर नहीं निकाल पाया।

प्रिया सारा दिन बस विक्की के द्वारा दी गयी किताबें और जो अंगूठी विक्की ने पहनाई थी उसे देखती रहती थी।

इसी तरह से १ साल भी निकल गया। एक दिन रात में रोशन नशे की हालत में घर आया।

जीत उसे लेकर आया था। जीत उसे उसके कमरे में लिटा कर चला गया।

प्रिया किसी काम से बाहर आई थी। उसने रोशन के कमरे की तरफ देखा, तो उसने उसे बिस्तर पर नशे की हालत में पाया।

वह उसके कमरे की तरफ गयी, और उसके जूते निकाल दिये और उसे ठीक से लिटा कर चादर डाल कर वापस अपने कमरे में आ गयी।

अगली सुबह जब रोशन की नींद खुली तो उसने देखा कि उसके जूते तो निकले हुए हैं और वह ठीक तरीके से लेटा है।

वो बाहर आया और जीत से बोला यार कल तो तूने मुझे बहुत अच्छे तरीके से घर छोडा था। मुझे ठीक तरीके से बिस्तर पर लिटा दिया था।

जीत कहता है, मतलब, आप क्या कह रहे हैं, मैं समझा नही।

अरे मतलब मेरे जूते निकाले, मेरे ऊपर चादर डाली। रोशन ने बताया।

जीत कहता नही सर मैंने नही किया ये सब। मैं तो आपको आपके कमरे में छोड़कर वापस आ गया था।

रोशन सोचता है कि इसने नही किया तो किसने किया।

एक बार वो सोचता है कि कहीं प्रिया ने तो नही किया ये।

फिर खुद से ही कहता है नही रोशन वो थोड़े ही न करेगी ये सब तेरे लिए। सोचता है, मैंने ही निकाल दिए होंगे, नशे कि वजह से कुछ याद नही है।

वह ऑफिस चला जाता है, शाम को वह फिर से नशे की हालत में आता है लेकिन इस बार थोड़ा होश रहता है उसे।

जीत जब उसे लेकर आता है तो प्रिया नीचे ही होती है, जीत जैसे ही उसे लाता है अंदर तो वह लड़खड़ाने लगता है, सीढियां चढ़ते वक़्त।

तो प्रिया उसकी मदद के लिए आती है और रोशन का एक हाथ अपने कंधे पर रखती है और जीत के साथ उसे उसके कमरे तक ले

जाती है। दोनों उसे बिस्तर पर लिटा देते हैं, जीत उसे वहीं पर छोड़कर चला जाता है।

प्रिया उसके जूते निकाल रही होती है, तो रोशन उसे चुपके से देख लेता है।

उसे होश नही होता है ज्यादा पर उसे ये पता चल जाता है कि वो कौन है।

जैसे ही प्रिया जाने के लिए मुड़ती है तो वह प्रिया का हाथ पकड़ लेता है।

और उससे कहता है पता है आपको बेगम जब से आप इस घर मे आयी हो न तब से ये घर घर जैसा लगता है। मेरी मम्मी के अलावा मुझे किसी ने भी प्यार नही दिया, कोई मेरे साथ नही रहा, तो मुझे पता नही की किसी लड़की के साथ कैसे रहा जाता है।

बातें करते–करते वह अपनी माँ और अपनी पिछली ज़िन्दगी के बारे में बहुत कुछ बता देता है, नशे में।

उसकी ये बातें सुनकर प्रिया को उसके लिए बुरा लगा और उसकी सहानुभूति उसके साथ हो गयी।

रोशन की बातें सुनने के बाद उसने खुद से कहा कि मुझे तो पता ही नही था कि इसके पास एक इतना अच्छा दिल भी है।

वह रोशन के सर पर हाथ रखती है और बालों में हाथ फेरने लगती है। और इसी तरह वो उसे सुला देती है। और उसे ठीक से लिटा कर चली जाती है।

तब रोशन को पता चलता है कि प्रिया उसे लिटाती है रोज।

रोशन रोज नशे में होने का बहाना कर के आने लगा, जिससे प्रिया उसे कमरे में ले जाये और उसे ठीक तरीके से लिटाए। प्रिया जब भी ऐसा करती वो उसे चोरी से देखता रहता।।

रोशन को ये सब अच्छा लगने लगा।।

अब वो ज्यादातर घर पर ही रहने लगा।।

प्रिया के आने से उस घर मे समय से खाना बनने लगा था, जो कि प्रिया ही बनाती थी।

रोशन अब घर पर ही खाना खाने लगा।

इस तरह से वह मोना से दूर होने लगा। बल्कि कभी मोना ही उसेको समझाती की वो प्रिया को खुश रखे क्योंकि वो खुश नही रहती है, वो एक अच्छी लड़की है। और रोशन से भी कहती कि तुम ठीक से रहो।

मोना ने और जीत ने प्रिया और रोशन को पास लाने के लिए बहुत कोशिश की। काफी हद तक रोशन और प्रिया पास आ गए थे।

प्रिया उसके लिए खाना बनाने लगी थी। उसका इंतजार भी करने लगी थी, खाने पर।

और यदि कभी रोशन उसके कमरे में आ जाता तो प्रिया उसे वहाँ बैठने देती।

एक दिन रोशन प्रिया के कमरे में ही था और बात करते–करते वहीं सो गया।।

प्रिया भी उसी बिस्तर पर एक तरफ लेट गयी।

रात में जब अली की आंख खुली तो उसने देखा कि वो तो प्रिया के ही कमरे में सो गया ।

फिर उसने देखा कि प्रिया उसी बिस्तर पर सो गई है।

वो उसे देख ही रहा था की उसका ध्यान प्रिया की साड़ी पर गया जो कि पंखे की हवा से थोड़ा थोड़ा उड़ रही थी और उसकी कमर दिख रही थी।

उसने एक बार तो अपनी आँखें हटाई उसके ऊपर से पर वो खुद को उसे देखने से रोक नही पाया।

और खुद से ही बोला कितनी सुंदर लगती है मेरी प्रिया सोते हुए और उससे भी सुंदर उसकी कमर लग रही है।

वो रात भर प्रिया को देखता रहा उसे पता ही नही चला वो कब सो गया।

सुबह जब प्रिया उठी तो उसने देखा कि रोशन उसके ऊपर एक हाथ और एक पैर रख कर सो रहा था।

उसने जल्दी से रोशन को हटाया और अपनी साड़ी ठीक से पहन कर नहाने चली गयी।

नहाकर जब वो बाहर आई तब तक रोशन उठ चुका था।

प्रिया अपने लंबे बाल तौलिये से सुखाती हुई बाहर आ रही थी, रोशन ने उसे देखा तो देखता रह गया, प्रिया साड़ी पहने, जिस में से उसकी कमर दिख रही थी, माथे पर छोटी सी बिंदी लगाए, कमर तक लंबे बाल, जो वो सुखा रही थी।

ये सब देख कर खुद से बोला– देखा रोशन तेरी बीवी सबसे सुंदर है, अब तो घर पर रहना ही अच्छा लगने लगा यार।

वह अब ज्यादातर समय घर पर ही रहने लगा।

वो अपने काम पर भी ज्यादा ध्यान नही दे रहा था। और जो भी उसका काम था वो जीत देख लेता था।

रोशन को प्रिया के साथ अच्छा लगने लगा था।

कुछ दिनों तक ऐसा ही चलता रहा।

प्रिया थोड़ा ठीक से रहने लगी थी।

रोशन को भी अपनी ज़िंदगी मे एक प्रिया ही मिली थी जिसे वो अपना कह सकता था।

शादी के ४ सालों बाद प्रिया ने अपने गले में वो मंगलसूत्र पहना जो उसे अली ने मंदिर में पहनाया था।

वो इतने सालों में शायद रोशन का रिश्ता कहीं न कहीं अपना रही थी।

रोशन ने जब उसके गले मे मंगलसूत्र देखा तो उसे यकीन नही हुआ अपनी आँखों पर।

उस एक मंगलसूत्र ने उन दोनों को उसी रिश्ते में बांध दिया, जिस रिश्ते को प्रिया ने कभी अपनाया नही था।

वो दोनों अब एक ही कमरे में सोने लगे थे।

जब प्रिया उसके कंधे पर अपना सर रख कर लेटती तो उसे बहुत सुकून मिलता।

शायद उसके अकेलेपन ने और रोशन के व्यव्हार ने उसे बदल दिया था।

अब उसे किसी के साथ कि जरूरत थी, और रोशन के अलावा उसके पास कोई नही था।

और रोशन ने भी खुद को बदलने की कोशिश की।

जिससे वो प्रिया के नज़दीक आ पाया। प्रिया चाहने लगी थी कि अब वो पूरे तरीके से सिर्फ रोशन की बेगम बन के रहे और खुद को एक नया मौका दे।

एक दिन जब रोशन घर आया तो प्रिया खाने के लिए उसका इंतजार कर रही थी।

वो रोज से थोड़ा अलग तरीके से तैयार हो कर बैठी थी।

लाल रंग की साड़ी में वो बहुत सुंदर लग रही थी।

रोशन ने उसे देखा तो उसे अच्छा लगा ।

फिर खाना देख कर बोला बेगम आज आपने इतना सारा खाना बनाया है।

प्रिया देख कर हँसती है और कहती है आइये खाना खाते हैं।

दोंनो खाने के बाद अपने कमरे में जातें । वो दोनों जैसे ही कमरे के बाहर पहुँचते हैं प्रिया कहती है आप चलिए में अभी आतीं हूँ।

रोशन कमरे का दरवाजा खोलता है तो उसकी आँखें खुली की खुली रह जाती हैं।

कमरा बहुत सुंदर तरीके से सजा हुआ था।

रोशन जाकर पूरा कमरा देखता है। खुद से ही कहता है लग रहा है जैसे ये मेरा कमरा है ही नही।

इतने में प्रिया आती है तो रोशन उसे गले से लगा लेता है।

उसे अपने कंधे पर लिटाता है और उसके माथे पर किस करता है।

उससे कहता है कि आपको पता है आज मैं बहुत खुश हूँ, आज लग रहा है कि मैं अपनी बीवी के साथ हूँ ।

कोई है जो मेरे लिए खाने पर इंतज़ार करता है, मेरे साथ प्यार से रहता है।

अब मुझे घर आने की जल्दी रहती है। आपको पता है आपके साथ इस तरह से मैं अपनी ये ज़िन्दगी और आने वाला हर जन्म निकालना चाहता हूँ। आपके आने से मुझे लगता है कि मेरे पास सब कुछ है।

मुझे और कुछ भी नही चाहिए आपके साथ खाना खाने और इस तरह से रहने के अलावा।

प्रिया उसे सुन रही थी, लेकिन उसकी आँखों में आँसू थे। जैसे उसकी आँखें और दिल विक्की से माफी मांग रहे हों।

क्योंकि वो विक्की को कभी भूली ही नहीं।

बस जीने के लिए उसे जो सहारा मिला था, उसके साथ चलने के अलावा प्रिया के पास कुछ भी नही था।

वो हमेशा अपने साथ विक्की को ही देखना चाहती थी।

लेकिन उसके दिल में कुछ तो ऐसा था जो विक्की की जगह किसी को नही दे सकता था। और न ही उस ईमानदारी से किसी को चाह सकता था, जिस ईमानदारी और निस्वार्थ से उसने विक्की को चाहा था।

रोशन से भी इस रिश्ते में उसका एक स्वार्थ ही था, अकेले ज़िन्दगी न निकालने का।

वो रोशन को कोई धोखा नही दे रही थी, बस उसका रिश्ता अपनाने के पीछे उसकी वजह थी, छोटी ही सही।

लेकिन विक्की को प्यार करने की उसकी कोई वजह ही नही थी। और सच्चा प्यार तो बेवजह ही होता है।

कमरे में उजाला कम होने की वजह से रोशन प्रिया के आँसू नही देख पाया।

बातें करते–करते रोशन प्रिया को किस करने लगता है।

लेकिन आज प्रिया उसे रोकती नहीं है।

सुबह प्रिया उठी तो सबसे पहले अपने कपड़े ठीक से पहने।

उसने रोशन की तरफ देखा तो वो अभी भी सो रहा था।

वह नहाने के लिए जाने वाली थी लेकिन जाने से पहले उसने सोचा इनके कपड़े निकाल दूँ, फिर जाउंगी।

वह अलमारी में से कपड़े निकालने लगी तभी उसके पैरों के पास एक अंगूठी गिरी अलमारी से।

उसने झुककर अंगूठी उठायी तो उसके पैरों के नीचे से जमीन खिसक गयी उसे देख कर।

वर्तमान

वह कमरे से सीधा बाहर आयी और ज़मीन पर बैठ कर बहुत जोर-जोर से रोने लगी।

अंगूठी उसके हाथ में ही होती है, वह बेतहाशा रोये जा रही थी उसे देख कर।

इतने में रोशन की आँख खुली, उसने प्रिया को अपने कमरे में नही देखा तो वह बाहर आया।

उस दिन वह दिल से बहुत खुश था।

जैसे ही वह बाहर आया तो प्रिया उसे बाहर रोती हुई दिखाई दी।

उसे रोता देख कर वह घबरा गया।

उसने उसके कंधे पर पीछे से हाथ रख कर पूछा क्या हुआ बेग़म? आप रो क्यों रही हैं?

प्रिया बिना कुछ कहे उठी और उसके हाथ पर वो अंगूठी रख दी।

रोशन ने उस अंगूठी को देखा तो उसके चेहरे का रंग उड़ गया।

और वो बहुत ज्यादा डर गया।

उसकी आँखें झुक गयीं और उसे वो सब कुछ याद आने लगा जो उस दिन हुआ था, जिस दिन उसने विक्की को अपने घर मे देखा था।

उसे याद आता है कि जब विक्की प्रिया के कमरे से निकलता है तो वह रोशन को देख नही पाता है।

जैसे ही विक्की अपनी बाइक लेकर निकलता है। रोशन उसका पीछा करता है।

उसके घर का पता लगाने के लिए और उसकी बाईक के पीछे अपनी कार लेकर चल देता है।

काफी अन्धेरा हो गया था।

सुनसान सडक आ जाती हैं। जहाँ सिर्फ रोड लाईट के अलावा एक बाईक आगे जा रही थी।

रोशन अपने ड्राईवर से कहता है कि आगे जाते रहे। और उस बाइक का पीछा करता रहे।

और कुछ देर के बाद एक मोड आता है, वहाँ रोशन एक बोर्ड पर लिखा देखता है "आगे मोड है, दुर्घटना से देर भली" और उसे देख रोशन के मन में कुछ ख्याल आता है। और वह गाड़ी खुद चलाने को बोलता है और ड्राईवर साईड मे बैठ जाता है।

वह बहुत तेजी से गाड़ी चलाने लगता है। और मोड पर अपनी कार की स्पीड भी भूल जाता है।

और कहीं न कहीं सोच रहा होता है कि उसकी गाड़ी के नीचे विक्की आ जाये काश।

और कुछ देर के बाद टकराने की जोर से आवाज आती है। हॉर्न बजता है और कुछ समय तक सब अंधेरा सा शान्त सा हो जाता है।

कुछ देर बाद रोशन को होश आता है तो वह बहुत हडबडाकर उठता है।

वह देखता है कि उसका ड्राईवर मर गया।

रोशन के सर पर चोट लगी हुई थी, थोड़ी।

वह कराहने की आवाज सुनता है बाहर निकलने की कोशिश करता हैं। और निकलकर देखता है कि विक्की के आधे शरीर पर उसकी कार चढी होती है।

और विक्की खून में लथपथ रहता है और हेल्प की एक धीमी सी आवाज सुनाई देती है।

और विक्की शायद रोशन का चेहरा देख कर चौंक जाता है। और उसके मुह से खून निकल रहा होता है और आँखे खुली रह जाती हैं।

रोशन विक्की की ऐसी हालत देख अन्दर ही अन्दर डर रहा होता है कि ये जिन्दा अब भी है।

और शायद इसने मुझे पहचान लिया हैं। लेकिन विक्की के मुंह से कोई शब्द न निकलने की वजह से वह उसके पास जाकर विक्की का हाथ देखता है। तो वह मर चुका होता है, तब तक। वह उसका हाथ झटके से छोड देता है।

तभी उसको प्रिया की पहनायी हुई अंगूठी दिखती है। वह नीचे झुक कर वह अंगूठी उतार लेता है।

और जल्दी से ड्राइवर को आगे की सीट पर बिठाता है। और खुद जाकर पीछे की सीट पर बैठ जाता है।

और अपना सर बहुत जोर से मारकर बेहोश होने का बहाना करने लगता है।

काफी समय के बाद जब वहाँ कुछ वाहन निकलते हैं तो देखते ही देखते भीड़ हो जाती है।

और वहाँ सभी उसको होश में लाने की कोशिश करते हैं।

पुलिस तथा एम्बुलेंस भी आ जाती है। रोशन को होश में लाया जाता है।

और गाड़ी से बाहर निकाला जाता है।

और वह देख रहा होता है कि विक्की का बुरी तरीके से एक्सिडेन्ट हुआ है।

रोशन को ले जाकर अस्पताल में भर्ती किया जाता है।

रोशन आज आँखें झुकाये ये सब सोच रहा था कि उसकी आँखों से भी आँसू गिरने लगे।

वो समझ नही पा रहा था कि प्रिया से क्या कहे अपनी सफाई में।

प्रिया बस खड़े–खड़े उसे देख रही थी।

उसकी प्रश्न भरी निगाहें रोशन को अंदर तक भेद रहीं थीं।

लेकिन उसमें प्रिया से नज़रें मिलाने की हिम्मत नही थी।

प्रिया ने रोशन से कुछ नही कहा, न ही उससे कुछ भी पूछा।

वह समझ गयी थी। कि वो अंगूठी किसी और कि नहीं बल्कि उसके विक्की की सगाई वाली अंगूठी थी जो प्रिया ने विक्की को पहनाई थी।

प्रिया की आंखों से आँसू लगातार गिर रहे थे । उसे लग रहा था जैसे वो आज फिर से एक बार मर गयी हो।

और वह बिना कुछ कहे रोशन और उसके आलीशान घर को छोड़ चली गयी।